義妹は浮気に含まれないよ、
お兄ちゃん

月《つき》ヶ《が》瀬《せ》蒼《そう》
陽翔学園高等部に通う一年生。オタクで陰キャ。裁縫が得意で、色彩感覚や立体把握能力に秀でた天才。栞と付き合いながら、愛歌との関係に溺れている。
「こういうのは恋人とだから憧れるの！」
星《ほし》乃《の》栞《しおり》
蒼のクラスメイトで彼女。現役の雑誌モデルとして活躍する学園カーストの頂点。圧倒的な美貌とクールな性格から『氷の女帝』と呼ばれているが意外と気さく。大好きな蒼と恋人関係になることが出来て浮かれている。

「触りたそうな目つきをしてたよね？
いけないお兄ちゃんだ」
月《つき》ヶ《が》瀬《せ》愛《まな》歌《か》
蒼の義妹。中学三年生。明るく人懐っこい性格と整った容姿で人気の美少女。コスプレをこよなく愛し、有名コスプレイヤー〈マナマナ〉として活動している。蒼に“言い訳”を与え、過度なスキンシップを重ねている。

It's not cheating if
it's with your step-sister.

CONTENTS

義妹は浮気に含まれないよ、お兄ちゃん2

三原みつき

ファンタジア文庫

3213

口絵・本文イラスト　平つくね

プロローグ　ゲーム

蒼《そう》が義妹の愛歌《まなか》と、キスをしてしまった、翌日――。


「お兄ちゃん、朝だよ」

甘い囁《ささや》き声で、蒼は悩ましい眠りから目を覚ました。

悩んでいたらいつの間にか眠りに落ちていた……というような物足りない睡眠だった。

「ふふっ……早く起きないと悪戯《いたずら》しちゃうよ？」

まぶたを開ける。

窓からの朝日に包まれてキラキラと輝く美少女が、顔を間近に寄せていた。

愛歌の顔だ。それはかつて馬鹿な妹あつかいしていたようなものではなく……、
まるで美の化身のような微笑《ほほえ》みだった。

ぼんやりと寝ぼけたまま見惚《みと》れていると、ゆっくりと顔が近づいてきて――、
唇と唇が、触れ合わさった。

軽く触れただけではない。

愛歌の唇はちゅっと吸い付くように密着し、蒼の緩んだ口がされるがままになっていると、ぬるりと舌を侵入させてきた。

舌と舌がぬるぬると絡《から》み合う。頭の中が甘い匂いでいっぱいになる。……キスって匂いがするものなんだ。昨晩までは想像したこともなかったような、深い大人のキスだった。

一気に寝ぼけが吹っ飛んだ。

「やっ……やめろっ！」

兄としては情けないほど狼狽《ろうばい》しきった声で、蒼は愛歌の肩を押しのけた。

――もっとしていたかったという名残惜しさが、後から押し寄せてくる。

「やめろ？　……どうして？」

愛歌は余裕たっぷりのにやけ顔で、蒼のベッドから身を離した。

「お兄ちゃん、私に見惚れてたじゃん。……キスしたそうな顔だったよ？」

――図星を突かれて、蒼は押し黙った。

「ほら、もう朝ご飯できてるよ？　寝ぼすけお兄ちゃん」

彼女はメイド服を身につけていた。

蒼の視線に気づくと、スカートをひらめかせ、その場でクルッとターンして見せる。

フリルいっぱいのエプロンで胸を強調させたデザイン。

ミニスカートから伸びる両脚は、ストッキングに包まれて繊細な作り物じみて美しい。

特定のキャラクターのコスプレではない。

あくまでメイド服を身につけただけの愛歌。

しかしちょっとした仕草から表情に至るまで……まるでカメラを向けられているかのような演技がかった媚《こび》がある。

どこか現実的ではない雰囲気を漂わせた美少女。

それは昨日までの愛歌とは、違う姿だった。

「お兄ちゃんの好物いっぱい用意してあるから、早く起きよ?」

愛らしく小首を傾《かし》げてそう言う。仕草の一つ一つが、愛らしくあざとい。

「……ああ」と頷《うなず》いて、蒼はベッドから抜け出した。


食卓には英国風の朝食が並んでいた。

いかにも美少女メイドが用意してくれそうなイングリッシュ・ブレックファースト。

イギリス＝メシマズというイメージがあるが、英国メイド少女が用意する朝食だけは別だろう。紅茶とともに並べられているそれは、世界最高の朝食文化に違いない。

サーモンのエッグベネディクトをメインに、ベーコンと焼きトマトが添えられている。

漂ってきた香りが、起き抜けの蒼の食欲を刺激した。

「こういうの憧れてたんでしょ？　ふふん、本気を出せばこんなもんよ」

いつもはコスパ最優先の料理ばかり作っていた愛歌が、ドヤ顔で胸を張った。

まるで芸術品のようなエッグベネディクトを崩して、口に運ぶ。

とろけるような旨味《うまみ》が口の中に広がった。

彼女の調理スキルはとっくの昔にお墨付きだ。

ただ、これまでの彼女の手料理は、蒼を満足させようとはしていたが、蒼を魅了させようとはしていなかった。

そこには大きな違いがあった。

今日の愛歌が昨日までの愛歌とまったく異なるのと同じく。

「私なりにこれからのことを考えたんだ」

蒼の隣に座って一緒に朝食をとりながら、愛歌は歌うような気負いのなさで言った。

――これから。

これまでの蒼と愛歌の生活は破綻してしまっていた。

お互いを異性として意識しないことで成立していた、血の繫《つな》がらぬ義兄妹の生活。

それは二人が初めてかわしたキスによって、ガラガラと崩れ去ってしまった。


——栞《しおり》の手で『脱オタ』させられた蒼の姿を見て、愛歌は激昂《げきこう》し、蒼を押し倒した。

そして愛歌は二人の間の重大な秘密を暴《あば》いた。

蒼がコスプレした愛歌を撮影するとき、その瞬間だけ愛歌は蒼を誘うように演技をし、蒼はそれに応えて欲望をたぎらせながらシャッターを切っていた。

その現場は紛れもなく雌と雄の応酬だった。

蒼が愛歌を異性として見ていないなど、欺瞞《ぎまん》だ。

自分たち二人は、ずっと何年もコスプレをしながら愛し合ってきたのだ……。

そう指摘されながらキスをされ、蒼は、抵抗することができなかった。

蒼には、栞という恋人がいるのに。

これからどんなふうに二人で暮らしていけばいいのか、蒼にもわからなかった。

新たな秩序を必要としていることは疑いようもなかった。

ぴとっと愛歌が蒼の腕に抱きついてくる。胸が腕に当たっていた。先程、じっと凝視してしまっていた、エプロンで強調された胸の膨らみ。

また誘惑されるのかと、蒼は身構えたが……、

「主導権はお兄ちゃんにあげる」

と、愛歌は言った。

なんだか悪魔が契約でも持ちかけるような囁き方だった。

「これからも私は妹として当然のことしかしない。妹としての距離感で一緒に過ごして、妹としてお兄ちゃんに甘える……。彼女がいるお兄ちゃんに、私の方から誘惑なんてしない。これなら問題ないでしょ？」

蒼は喉の渇きを覚えて、紅茶を啜《すす》った。

それならば問題ない、が……。

「だけどお兄ちゃんの方から私を求めてきたら、私はそれの全部に応えてあげる。今後は、そういうことにしようと思う」

それが愛歌の提案するルール。

「俺は愛歌を求めたりしないよ」

蒼は紅茶を置いて、つっぱねるように言う。当然だ。恋人がいるのだから。

「口ではね」

愛歌は余裕たっぷりに嘲笑《あざわら》った。

「私、お兄ちゃんが見惚れてたり、私の身体《からだ》にエッチな目を向けてきたらすぐにわかるよ。起きてすぐ、私の顔を見て『まるで天使』とでも思ってそうな顔してたよね？」

天使どころか、美の化身などと思ってしまっていた――。

「私がメイド服を着てるのに気づいたら、まず胸元に目を向けて……次にスカートから伸びる私の両脚に視線を這《は》わせたよね？」

愛歌は胸を押しつけたまま蒼の手を取り、自分の太ももを触らせてきた。

ストッキングのサラサラした感触が手の平に伝わってから、柔らかな肉づきを感じる。

細いのにプニプニとした、愛歌特有の体つき。

ファインダー越しにずっと見てきた、愛歌の身体。

「口で強がっても無駄だよ。私、そういうのわかるから。ずっとお兄ちゃんに写真を撮ってもらってきたんだもん。私が誘いかけるとどんな顔になって、どんな写真を撮ってきたか……全部見てきたんだから。お兄ちゃんが男の顔になったら、私にはすぐにわかる」

――ハッタリではない。蒼は押し黙った。

確かにこれまで何百枚も愛歌の撮影をしてきたのだ。

自分がどんなふうに愛歌を見てきたか……。

蒼自身も無自覚だったような執念や情欲を、コスプレイヤーである愛歌はすべて感じ取っていたに違いない。

それができたからこそ、愛歌は完璧なコスプレイヤーだったのだ。

「だからもしも私に見惚れたら、キスをする。物欲しげに視線を這わせたら、触らせてあげる。もっとすごいことを求めてきても……してあげるよ？」

……つまり『妹として振る舞うだけ』なんて、表向きの建前だってことだ。

今の愛歌が普通に振る舞うだけでも、蒼は意識せずにはいられない。それがわかっているのだ。

――愛歌は蒼の初恋の相手だから。

コスプレへの情熱に姿を変えて、何年も蒼の心を陰から支配し続けていた想《おも》い。

愛歌は義妹のままでいようとなんてしていない。
蒼を、堕としにかかっている。
栞という彼女を作った義兄を、奪い返そうと明白に挑んできている。
表向きはフェアだからこそ、屈してしまったら認めないわけにいかなくなる。
「……俺が、兄としてきちんと振る舞えば、おまえは妹でい続けるってことだな？」
「もちろん、そういうこと」
愛歌は唇をぺろりと舐《な》めて言った。
真意はともかく、愛歌の言った通りすべては蒼次第だ。
蒼が恋人の栞一筋という態度をしっかり示せれば、愛歌は引き下がってくれる。
今まで通りの関係となり、すべてが丸く収まる。
蒼が愛歌のことを、何とも思いさえしなければ。
「まるでゲーム感覚だな……」
名付けるならば、義理の妹に欲情してはいけないゲーム（彼女もち）ってところか。
……地獄のようなゲームだ。
しかし蒼が拒否できるような話でもない。
どうあっても愛歌は蒼の妹で、一緒に暮らしていかねばならない相手なのだ。

妹として甘えてくるのをやめろと言える道理はない。

――逃げ道などありはしない。

その事実が、蒼の心をわずかに軽くした。

それは言い訳かもしれないけれど……。

「……自分が世界一愛されて当然みたいな顔しやがって」

蒼が嘆息すると、愛歌は「へへへっ」と笑った。

その瞬間の表情は、色気のない馬鹿な弟分みたいなツラだった。

――昨日までは、愛歌はそういう奴《やつ》だったのだ。

しかしそれは蒼に異性として意識させないために被《かぶ》った仮面だった。

今の愛歌は真逆だ。蒼の好みを知り尽くした上で、自分が世界で一番魅力的に見えるように振る舞っている。

日本一のコスプレイヤー、マナマナの真骨頂と言えるだろう。

ただでさえ、蒼はもともと愛歌が好きだったのだから、それは途轍《とてつ》もないことだ。

蒼は自分の手が愛歌の太ももに触ったままであるのに気づいて、慌てて引っ込めた。

手の平にじんわりと感触が残る。連想して、昨晩の愛歌のおっぱいの感触も思い出す。

……本当に地獄だ。

「それでも星乃《ほしの》さんは初めて出来た彼女で、理想の彼女なんだ」

蒼はぎゅっと握りこぶしを作り、愛歌に宣告した。

「俺は義妹なんかに……屈したりはしない‼」

「そのセリフ、エッチな漫画だったら次のページでアへ顔さらしてるやつだよね」

「……おまえ、そういうところは本当にアレなまま変わらないな！」

◇

蒼は買ったばかりの私服に着替えて、学校へと向かった。

愛歌はその背中を見送った。

……お兄ちゃんは、あの女と一緒に登校するのだろう。

愛歌と蒼は一緒に登校する習慣がない。

学校でまでつきまとったら迷惑にならないか心配で、少し距離をとっていたのだ。

自分が蒼の人生のすべてを奪ってはいけない、そう思っていた。

昔の蒼は、本当に愛歌のためにすべてを捧《ささ》げそうな危うさがあったから。

愛歌の方から遠慮する必要があったのだ。異性として意識させず、距離感も適切に……。

——今ではそういう考えでいたことを、後悔している。

兄妹《きょうだい》としては正しかった。それは間違いない。だけど、自分が求めていたのはただの兄妹ではないことに、星乃栞という『敵』が現れて気がついた。

彼の人生などと遠慮せずに、もっと混じり合うべきだったのだ。

二人でひとつの人生。兄妹とか恋人とかそういう常識的な枠を超えた一心同体。

自分が求めていたのは、そういうものだったのだから。

「別に孤独が怖いからとかじゃないよ……。お兄ちゃんが好きだから……」

愛歌は自分の胸に言い聞かせるように、呟《つぶや》いた。

——こちらからのキスを受け入れさせることはできた。

次は向こうからキスしてくるようにさせよう。

そこまでできれば、お兄ちゃんを完全に『堕とした』と言えるはずだ……。

奪還。それが愛歌の戦いだった。

一章　昼の世界

「幸せだよね、あおくん」

彼女が微笑《ほほえ》みかけてくる。

朝の通学路、これ見よがしに手を繋《つな》いで登校しながら。

星乃《ほしの》栞《しおり》――蒼《そう》の恋人。理想の恋人と言っても過言ではない存在。

彼女は完璧な存在だった。

ただ一点、過去のトラウマで、男性に触れることができないことを除けば。

こうして手を繋げているのは、彼女が勇気を振り絞って恐怖症から一歩を克服した証《あかし》だ。

その手に引かれて、卑屈な陰キャだった蒼も『変身』を成し遂げ、こうして堂々と彼女の隣に並び歩いている。

共に前に進み続けるカップル。

通学路に居合わせた生徒たちは、一様に驚きと羨望《せんぼう》の眼差しを向けている。

――幸せだよね、あおくん。

こんな彼女にそう問われて、返事を躊躇《ためら》う彼氏などいるはずがない。

共に喜びを分かち合うのが、当然のことだ。

――昨晩の愛歌《まなか》とのキスや胸の感触が、僅かにでも頭によぎるなど、あってはならない。

「もちろん、幸せだよ」

蒼はそう、微笑みを返した。


「あのっ！　取材をお願いしたいのですが‼」

下駄《げた》箱で上履きに履き変えていると、待ち伏せていた新聞部が突撃してきた。

全員女子生徒だ。栞が男性恐怖症なのは一般には知られていないが、男子に対して完全に塩対応なのはよく知られている。それゆえについた異名が、〈氷の女帝〉なのだ。

「拒否でーす」

栞が手の平をひらひらさせながら拒絶した。

新聞部たちはあっさりと引き下がる。

彼女らの運営する学校新聞――新聞と言ってもウェブサイトだが――は星乃栞の人気で成り立っているため、彼女に逆らえないのである。

上履きを履き終えると、栞は再び蒼と手を繋いでから、言った。

「だが、写真の撮影だけは許可する」

新聞部たちは跳ね上がるようにカメラを取り出し、二人に向けてシャッターを切った。

蒼と栞の仲睦《なかむつ》まじい姿は、すぐさま記事にされて全生徒の知るところとなるに違いない。

「二人でゆっくりしたいもんね」

取材を断った栞は、そう言って笑う。「まあ、そうはいかないだろうけど」

蒼と栞は手を繋いだまま階段を上り、教室に向かう。

「いかないかな？」

「いきませんとも。ふっふっふ……君は学校イチの美少女と手繫ぎ登校デートをキメているのだよ！」

廊下を行き交う生徒や、わざわざ教室から廊下へと見物に出てくる生徒たちは、遠巻きにしているだけで蒼たちに絡《から》んでは来ない。

しかし教室に入ると——栞の言うとおりになった。

「栞！　月ヶ瀬くんと付き合い始めたってマジのマジ⁉」

「なんか怪し〜とは思ってたけど！　嘘《うそ》でしょ⁉」

「ちょっとくわしく話を聞かせてよ⁉」

教室の扉を開けるなり、栞と仲の良《い》いイケてる女子グループの面々が、一斉に大声を浴びせかけながら取り囲んできた。

「ほらほら、月ヶ瀬くんも！　とっとと座って！　ほら！」

そして張り手をするように蒼と栞を席まで押しやる。都合のいいことに蒼と栞の席は窓《まど》際《ぎわ》で隣り合っている。蒼と栞を座らせると、その周りをずらっとイケ女たちが取り囲んだ。

――蒼の人生で、こんなに女子率の高い空気を吸うのは初めてのことだ。

「はいっ！　私、星乃栞は月ヶ瀬蒼くんとお付き合いすることになりましたっ‼」

席に座るなり、栞は宣言した。

周囲のイケ女のみならず、教室中がどよめいた。

「マージーでーっ⁉」「意味わかんねー！」「人類は今、ひとつの宝を喪失したっ！」

「いやそうはならんやろ‼」「ウケるーっ‼」

イケ女たちは陽気に爆笑した。

それから栞は「えっとね……」と、二人の馴《な》れ初《そ》めを語り始めた。

「月ヶ瀬くんって栞の幼馴染《おさななじ》みで初恋の人なの⁉　やばくない⁉」

「やば！　氷の女帝の初恋とか……上手《うま》く言語化できないけどやばすぎる‼」

「運命が重たすぎじゃね⁉」

栞はニコニコと嬉《うれ》しそうに語る。

……そういえば、理想の彼氏を自慢するのは女の子の夢だと言っていた。

まさにその状況なのだ。

「でも当時の私は太ってて、それでもあおくんは優しかったんだー」

「ええ話や！」

「誰が相手でも親切にしておくもんやねえ……何が伏線になるかわからへん」

「それで高校で再会したら相手はモデル美少女になってましたって……漫画かよ！」

「漫画というよりお伽噺《とぎばなし》じゃね。もはや鶴の恩返しじゃん」

栞は「えへへ……」と笑いつつノロケを続ける。

「小学校の家庭科の授業中にね、フェルトで造花を作ってプレゼントしてくれたんだよ」

「やだあああああああああっ！　超かっこいぃいいいいいいいいいいっ‼」

「惚《ほ》れてまうやろーっ！　そんな小学生男児‼」

……これはこれで、蒼はどうしていいかわからない。横の蒼は黙りこくったままだ。

俺のいないところでやって欲しい。

「……でも今の栞なら、もっと優良物件を狙うべきじゃないの～？」

「普通の男子にちょっと幻想を抱きすぎてて、冷めたときが怖そうだよね～？」

栞に同調して盛り上がる一方の中から、さりげなく差し込まれるカウンターパンチ。

幻想から冷めた瞬間、か……。

それは紛れもなく、蒼も抱いていた予感だった。

「幻想なんて抱いてないもん！　あおくんは昔も今も……世界一の男子だよ‼」

栞がきっぱりと叫んだ。

それは……この学校で一番オシャレなカースト最上位には似つかわしくない、まるで夢見る処女《おとめ》のようなセリフだった。

その場に揃《そろ》ったイケ女たちが、（流石《さすが》に大丈夫か、こいつ？）という顔をした。

「……でも確かに、わりと理想の彼氏じゃね？」

別のギャルがポツリと言った。

そう、ギャルである。ギャルという人種が、イケ女グループにはいるのだ。

この教室のカーストナンバー2、皆川《みながわ》優亜《ゆあ》という女子だ。

「陰キャくんを自分色に染め上げるの……わりと楽しそうじゃね？」

優亜がそう言うと、また風向きが変わって「確かに！」「あり寄り！」と声があがる。

「『ジーパンは洗いません』みたいな変にこだわりがある男より良いよね！」

「ファッションのテイストが合わないと困るよね～。やたらヒッピーな古着好きとか。どう考えても横の私と合ってねえだろクソボケ～！」

「月ヶ瀬くん、見た目普通にいいしね！　それを自分好みにカスタマイズ！」

優亜は蒼にちらりと流し目を向けた。それはどこか肉食獣じみた目つきだった。

「オタクくんって優しいしさ～。あーし、オラオラ系よりも好みかも～？」

……オタクが優しいっていうのも幻想だと思うけれど。

例えば称徳《しょうとく》なんか見た目はメチャクチャ優しそうだけど、中身は拗《ねじ》くれてるぞ。

というか皆川さんこそ、オタクに優しいギャルなのか？

ギャルというだけでも珍獣なのに、実在していたのか、そんなの。

「それに一途《いちず》でめっちゃ大事にしてくれそーじゃん。浮気とか絶対にしなそう」

浮気《うわき》という二文字に、蒼は不意に心臓を締め付けられるような気持ちになる。

そして頭に浮かび上がる、義妹とのキスの味、胸の感触……。

そんな蒼を置き去りにして、周囲は「確かにーっ！」と大盛り上がりする。

「私も前カレに浮気されてさ～」「ちょっと聞いてよ、私のカレピも怪しくて～」

そんなどうでもいい身の上話がはじまり、
栞は「あおくんは絶対そんなことしないもん！」と熱弁し、
優亜が「いいな～、見栄《みば》えする陰キャくん、いいな～」と囃《はや》し立てる。

――そんなときのことだった。


「ここが月ヶ瀬蒼のクラスか⁉」


不意に、教室の空気を切り裂くような声がした。

そして〈王子《プリンス》〉を先頭に、この学校で有数のイケメン男子がずらずらと現れたのである。

〈陸上部の天馬《ペガサス》〉、〈サッカー部の統率者《カリスマ》〉、〈校舎裏の堕天使《ルシファー》〉……。

新聞部に妙な異名をつけられた有名人たちだ。

教室にぴんとした緊張感が走った。

王子たちがのしのしとこちらに歩いてくると、イケ女たちが栞に身を寄せるようにそそくさと離れていく。

代わりに、王子たちが蒼を取り囲んだ。

そして栞の手で『変身』させられた姿を、じろじろと睨《ね》めつける。

「へえ……」と、ペガサスが声を漏らした。

「その服、どこで買ったん？」

蒼は栞に連れて行かれた店の名前を告げた。

「へえっ！」とペガサスが声をあげた。

「リコちゃんさんの店じゃん！　あそこ良い店だよな、カリスマ」

「ああ……あそこは実はネット通販も強い」

「しかも写真モデルを氷の女帝が担当している……」

カリスマ、そしてルシファーも腕組みしながら頷《うなず》く。

「……何しに来たんだよ」

蒼は取るべき態度を決めかねながら、タメ口で問いかけた。

——つい昨日、喧嘩《けんか》を売られたばかりの連中なのだ。

「だって昨日までファッションなんて興味ないって顔して星乃栞と付き合ってるってのも否定してたオタクが、翌日急に垢抜《あかぬ》けた格好になって手を繋《つな》いで登校したって聞いたらそりゃ気になるでしょ。でもその服、けっこう良い感じじゃん！」

ペガサスが蒼の態度を意に介さず明るく言う。

そういえばこの男は昨日も、少しだけ友好的な態度だったかもしれない。

最後には「なかなか根性あるじゃん、オタク」と認めるようなことを言って去って行ったのを覚えている。

「ふん……だが、しかし……」

この場で一際《ひときわ》ふんぞり返っている男、〈王子〉が口を開く。

氷の女帝に次ぐ、この学校のナンバーツーである。

王子は一層じろじろと、どこか粘着的に蒼の姿を睨めつけてくる。

来る……!? この学校の陽キャたちの名物、オシャレマウントバトルが……！

オシャレマウントバトル——この学校の陽キャたちは顔を合わせるとすぐにお互いのファッションについて口を出し合う。

制服もあるが私服でも良いとなっているこの陽峰《ようほう》高校では、オシャレさ＝戦闘力。オシャレマウントバトルの結果で、学校生活におけるカーストが決まってしまうのだ。

「フン……キレイめな白シャツで脱オタか。もう十年以上も前から脱オタの定番とされているような、カビの生えた陳腐な考えだぜ。オックスフォード生地のボタンダウンシャツというところも、これは永遠の定番〈トラッド〉で流行に左右されないから……という小《こ》癪《しゃく》な逃げを感じる！　モードの最前線から逃げるな！」

めんどくせー！と蒼は内心で悲鳴をあげた。しかし、

「オージは目線がファオタすぎるスんよ。いいじゃないスか白シャツ。女子ウケいいし」

と、ペガサスが軽い口ぶりで蒼を擁護した。

「トラッドの定番であるオックスフォード生地は、見た目でわかる普段着感がある」

「ディテールやシルエットにこだわらずとも学生シャツやビジネスシャツを使い回したっぽい雰囲気にならないのが利点だな。ファオタの王子には物足りないだろうが、初心者向けには無難でいいチョイスだぜ……」

カリスマとルシファーが後に続く。

「だがそんな無難さで、氷の女帝の彼氏に相応《ふさわ》しいと言えるのか……⁉」

王子はムキになったように反論した。

突如としてはじまるファッション品評会。

この学校では別に珍しい風景ではない。

だがこういうのが嫌だから、蒼はずっと制服を着た陰キャだったのだ。

……ファオタか。

そうか、こいつらはファッションオタクという人種なのか……。

ファッションと思うとつい異世界の人物と思ってしまうが、オタクはオタクなのだ。

だとしたら扱いは簡単だ——語らせればいい。

「そのトラッドっていうのは……どういうスタイルなんだ?」

蒼が問いかけると、王子の目がキラーンと輝いた。

「フッ……トラッドとはトラディショナルの略……すなわち伝統的ファッションのことで、米国風《アメトラ》や英国風《ブリトラ》などの派生があるが、要するに大人っぽいスーツのような雰囲気のスタイルだな。スーツっぽい形のジャケットなんだけどスーツと違って上下で生地や色を切り替えたりする『ジャケット&パンツスタイル』、すなわちジャケパンファッションが典型的といえるだろう。学校制服で取り入れられているブレザーもジャケパンの一種といえる。

我々の年代が私服として取り入れると堅苦しいし、大人っぽいを通り越しておっさん臭くなりかねないが……いわゆる『キレイめファッション』と呼ばれるような格好はトラッドの要素を取り入れたりアレンジしたコーデが多いので我々も無縁とは言えないだろう！

オックスフォード生地のシャツがどうしてトラッドの代表アイテムのひとつなのかについて説明するには、米国風トラディショナルの深遠なる歴史をひもとかねばならないが……

その覚悟はあるか⁉」

「あ、そこまではいいです」

蒼がそう返すと、ペガサスが「ははは っ！」と笑い声をあげた。

案の上、めっちゃ嬉《うれ》しそうに食いついてくるじゃないか。

「ふっ……気になることや興味のあることがあったら何でも聞くが良《い》い」

王子は語り足りなさそうに言う。

いや、普通にどっか行って欲しいんだけど……。

「白いシャツやテーラードジャケットといったキレイめファッションアイテムは人を選ばず好印象を与えやすい」

「デートにもバッチリだぜ……！」

俺たちも語りたいとばかりにカリスマとルシファーが続く。

「自分のスタイルが固まってもいないのに突飛な服を選んでも支離滅裂な格好になるからな。オージの言うモードの最前線みたいなやつって、どうしてそれが流行《はや》ったのかっていう前提を理解してなきゃ面白くないし」

ペガサスが言う。

蒼は直也《なおや》がオレンジが描かれたプリントシャツを着てきたときのことを思い出した。高品質なアイテムだったが、あのときの直也にスタイルもへったくれもなかった。

蒼は改めて、その場に集まった陽キャたちを見回した。

サッカー部のカリスマはアメカジなパーカーにスポーツアイテムをミックスさせたストリートスタイルで、いかにも運動部所属の陽キャとひと目でわかる。

陸上部のペガサスはカットソーの上にジャケットを羽織った、キザなキレイめスタイル。

昨日は意味不明なスカーフをつけていたが、今日はループタイをつけていた。……背がそれほど高くないから、首元に視線が集まるように工夫しているのだ。

放課後のルシファーはいかにもワルなスタイルだし、王子は最先端モードファッション。

みんなキャラが立っている。

第一印象がそのまま自己紹介になるというのは、コスプレに通じるものがある。

キャラデザだけでツンデレとわかるように描かれたアニメキャラのようだ。

そういうものを読み取れるようになったのは、栞に連れて行ってもらった店で、リコちゃんさんからいろいろと教わり、理解と興味が広がったからだ。

ファッションには自己表現が存在する……。

私服派の陽キャたちが顔を合わせるなりお互いの身格好についてあれこれ言い合っていたのは、ただのマウントの取り合いではなかったのかもしれない。

あれがマウントの取り合いに見えたのは、自分がマウントを取られることばかりを恐れていたから……。

「どした？」

蒼の視線に気づいて、ペガサスが問いかけてくる。

「いや、『ダサい』ってのは服の選びが支離滅裂で、意図の存在しないファッションのことなのかもしれないって思った」

「おっ、俺もそういうことだと思うぜ！　ガキの頃みたいに親から買ってもらった服をタンスの中から選んで着ても、意味のあるスタイルにはならないよな」

オタク的に解釈すれば、意図していない線だらけの落書き、意図していない文字だらけの小説みたいなものだろう。

かつての自分の在り方が、不意に客観的に理解できた気がした。

「オタクファッションの代名詞として、俗にチェック柄シャツや黒ずくめの格好が馬鹿にされることがある。しかしこれらも考えなしに着るから、オタクっぽくなるだけだ」

何も頼んでいないのに、王子が語りはじめた。

「アメカジというジャンルが身近すぎる弊害《へいがい》もあり、ファッションに興味のない人間が無地というのもつまらないし……という子供じみた感覚で選びがちなのがチェックシャツだ。しかしチェックシャツは単体でも色味が多いから、さらに別の色の服と組み合わせるとまとまりがなく、騒がしく、いっそう子供っぽい格好になる。だがそういうアイテムだと理解していれば、チェックシャツがもともともっている色味に合わせて他のアイテムを選ぶことで統一感を持たせたり、清潔感のある大人っぽいアイテムと組み合わせてバランスをとったりしてオタクっぽくなく着こなすことが可能だ！　そのチェック柄がアメリカ由来かイギリス由来かなども理解して使い分けるとベストだな。チェック柄に罪はない！」

俺はチェック柄といえばイラストレーターのカントク先生が真っ先に浮かぶけど……。

蒼は内心でオタク丸出しなことを考えつつ、王子の弁舌に耳を傾けた。

「黒い服は目立つのが嫌なオタクや厨二病《ちゅうにびょう》のオタク、もしくは色使いで失敗するのが嫌な臆病者が着る……というイメージも世の中に定着しつつある。しかし黒はモード・ファッションにおいても多用される色だ。特に日本のモード界においては特別な意味がある！……元来、身体《からだ》のラインを美しく見せることを伝統的に重視していた欧米ファッションでは、黒という立体感を潰す色は使われていなかった。そこに日本の伝説的デザイナー、山本耀司が登場し、黒という色の魅力を最大限に活《い》かした作品を発表して世界に『黒の衝撃』と呼ばれるセンセーションを与えたのだ！　黒は目立たなくて失敗のない色ではなく、むしろ主張が強くてインパクトのある色だということを理解して使いこなさねばならない！」

「どうしたんスか？　突然めっちゃ語るじゃないスか」

ペガサスがからかうように言う。

「俺はオタクのせいでチェック柄や黒コーデがディスられているのが我慢ならんのだ！」

「その発言こそめっちゃ面倒くさくてオタクっぽいと思うけど……」

蒼が思わず呟《つぶや》くと、ペガサスが「この人、ファオタだから」と頷《うなず》く。

「チェック柄や黒ずくめがオタクファッションなのではない！　ノンポリシーかつ無理解に服を着るのがオタクファッションなのだ！」

「だって興味ないし……」

蒼がオタクの立場として言う。それが悪いこととは今も思っていない。

悪いこととは思っていない、が……。

「でも今のおまえはそうでもないんだろ?」

ペガサスが蒼の表情を覗《のぞ》き込んで言う。

そう、蒼はリコちゃんさんの店で色んな服を知り、試着していくうちに……、

こういうことに、興味を持つようになってしまった。

けっして栞の着せ替え人形としてこうなったわけではないのだ。

「他人にどう見られるかなんて興味ないと昨日のおまえは言ってたが、それは極端な考えだ。それに俺たちだって他人の外見にマウントを取ってばかりいるわけじゃない。ファッションに興味を持って、良い格好をしてきたなら、ちゃんと認める」

王子はそこまで言ってから、ようやく背中を向けた。

「……氷の女帝の彼氏に相応しいほどとは思わないけどな」

そう言い残して、生徒たちの注目を浴び続けながら教室を横切っていく。

その後を、カリスマとルシファーが追っていった。

ペガサスが顔を寄せてきて、蒼に小声で言った。

「あのさ、あの人、ずっとこの学校のナンバーワンだったのにその座を星乃栞に奪われて、

さらにその星乃栞に無視されて、その星乃栞がよりにもよって陰キャと仲良くなって……わりと真剣に面子《めんつ》を壊されてたわけよ」

「……たかがファッションなんかで……」

蒼は呆《あき》れた。……だがこの学校における『もっともオシャレな生徒』とは、不良漫画で言えば番長みたいなものだ。

そう考えると、まぁ、蒼に喧嘩《けんか》を売りにくるのも当然と言えるか。

「でもこうしておまえが馬鹿にされない格好になって、堂々と星乃栞と付き合うなら俺たちは完全敗北するしかないから。それでも王子はああして偉そうに振る舞うだろうけど、顔を立ててやるつもりで話を聞いてやってくれよ。さっきみたいにオシャレの質問してやったりとかさ」

そう言い残すと、ペガサスも去って行った。

遠巻きに様子を見ていたクラスメイトたちが、一斉に声をあげた。

「すげえええええっ！　あいつ、王子から認められたぜ！」

「『異名持ち』の先輩が一年のファッションを褒めるのなんて初めて見た‼」

「月ヶ瀬って昨日まで陰キャだったやつだろ⁉」

「雰囲気全然違うし、どうなってんだよ！」

「ていうか氷の女帝と付き合ってるってマジなのかよ！」

——あいつらから認められることがそんな大したことなのか……？

蒼は変な異名のお笑い集団だと認識していたが、普通の生徒は、普通に彼らに憧れているものらしい。

ふと、教室の隅の定位置からこちらを見つめる直也と称徳に蒼は気がついた。

……真っ先に事情を話さねばならなかった相手は、あいつらだったはずだ。

蒼は再びイケ女たちに囲まれる前に、そそくさと席を立ち上がった。

「おっ……陰キャのところに行くぞ」

「やっぱり陰キャ同士の方が落ち着くのかな」

「見た目だけで中身は陰キャだもんな……」

……どうして友達と話しに行くだけで陰口を叩《たた》かれなければならないのか。

そんな嫌悪《けんお》感を背中に感じつつ、蒼はいつもの教室の隅っこにやってきた。

「……これこれこういうわけなんだよ」

「わかんねえよ！　漫画みたいな省略すんな」

「ははは っ」

蒼がおどけて言うと、直也がすぐにつっこんで、横で称徳が笑ってくれる。

一瞬でかけがえのないオタクの日常に帰ってきた感じがする。

――蒼は琹とのことを事細かに説明した。

彼女が小学校の頃のクラスメイトであったこと。当時の彼女は太っていて、自分がそれを気にせず接し、向こうがそれを覚えていてくれたこと。

それで彼女の方からやたらとアプローチしてきたのだ。

「絶対おまえの勘違いだと思ったのになあ……」と、直也は思い返した。

そして昨日、琹と仲良くしていたことが原因で王子たちに絡《から》まれ、挑発された。

その一部始終を目撃した琹に、脱オタへと連れ出されたのだ。

自分では到底入ることがないだろうオシャレな美容室、親切な店員がいる服屋……。

「いいなぁ、そのシチュ」

直也が思わず羨望《せんぼう》の声をもらした。

――彼女と二人でお買い物デートというシチュエーションを羨んでいるわけではないだ

ろう。

誰かに脱オタの手を引いてもらうことが羨ましかったに違いない。

直也はずっと一人で戦ってきた。友人の蒼や称徳は頼りにならず、上のカーストの連中とも一緒に買い物に付き合ってもらえるほどの間柄ではない。

しかし一人で脱オタをするというのは、難しいことだったはずだ。

蒼はファッションというのは無限の前提知識の上に成り立ち、知っておかないと恥をかく無数の罠《わな》が仕掛けられていることを、この二日間で学んだ。リコちゃんさんが罠に引っかからない立ち回り方をガイドしてくれなかったら、自分の好きな服を見つける前に恥をかき、ファッションを嫌いになっていただろう。

直也は誰にも頼れないまま、ネット上の知識を元に脱オタに挑み、何度も失敗を重ね、周囲から嘲弄され続けた。それでも諦めず、立ち上がってきた男なのだ。

降って湧いた幸運をただ享受しただけの蒼とは違う。

彼の方こそ報われるべきなのだ。

「今度、その店に連れてくよ。店員さんも親切な人だったし」

「そういう親切ってさ、口車に乗せられて売れ残りを買わされるだけじゃないの?」

称徳がいやらしい表情をして言う。

「そういうのが全くあり得ないとは言い切れないけど……服を知らない客を見下すような人ではなかったよ」

「へえ……ひねくれ者の蒼がそこまで評価するなんて」

ひねくれてるのはおまえの方だろ。

まったくこの会話をオタクは優しいなんて思ってるギャルに聞かせてやりたいものだ。

「いや、店名だけ教えてくれれば一人で行けるよ」

直也が言った。

「おまえ、いつも一人でオシャレな店に行くの怖がるじゃん。それでリサイクルショップで失敗したり……」

「ま、まあそうなんだけど……」

直也はこほんと咳払《せきばら》いをした。

「……俺たちはしばらく距離を置いた方がいいと思うんだ」

「はっ？」と、蒼は思わず声を漏らした。

距離を置くなんて……なんだか男オタク同士の雑な関係には似つかわしくない言葉だ。

自分の人生で、こんなフレーズを聞く機会があろうとは思ってもいなかった。

「別におまえのことが嫌いになったわけじゃない……」

直也はメロドラマのヒロインみたいなことを重ねて言った。

シリアスなのか笑った方がいいのか判断に困る。

「……今のおまえは放っておいても色んな陽キャたちから声をかけられる、いわば『確変状態』にある。王子とお近づきになりたい陽キャ、星乃栞の周囲のイケ女たちと仲良くなりたい陽キャ、どうやって変身を成し遂げたのか秘訣《ひけつ》を知りたい下級陽キャ……」

蒼は微妙な気持ちになった。

「なんか誰一人として仲良くしたくない登場人物たちだな……」

「本来ならその輪に入り込むのに凄《すさ》まじい努力を要するようなカースト上位の連中が、向こうから勝手に寄って来る絶好の好機《チャンス》なんだ。しばらくはそれを大事にして、そいつらと一緒にいた方がいいよ。それが当たり前のことになったら、おまえも上位カーストの仲間入りだ。もしも俺たちなんかと一緒にいたら、誰も寄ってこなくなるぞ」

直也は少し寂しげに言った。

「だから、距離を置いた方がいいんだ……」

確かに、今の蒼が一目置かれたとしても、ずっと陰キャの輪の中にいれば、やがて忘れ去られるだろう。

カーストとは誰と一緒につるんでいるかによっても大きく左右されてしまうものなのだ
——でも、俺は別にカースト上位に入りたいわけじゃない。

そう蒼が言おうとすると、直也は手の平を突き出して遮った。

「いや、言いたいことはわかる。でも陽キャになれるチャンスがあるなら、なっといた方がいいと思うんだよ。俺の兄貴はもう社会人なんだけど、いっつもこう言うんだよ。人生は学生時代に陽キャだったかで八割決まるって」

「兄貴の話なんて、初耳だな」

蒼がそういうと、称徳も頷《うなず》く。

直也に兄がいること自体、知らなかった。

それが直也が脱オタを志す理由ってことか……。

「社会に出たら学生時代をどう過ごしていたかなんて関係ない……そう思っていたらしいけど、違うんだってさ。学生時代に充実した日々を過ごしたやつは多くの成功体験を積み重ねて、常に輝いている。根拠のない自信と謎の頼もしさ、そういう陽のオーラに包まれている。そういうやつらは大学時代にろくに勉強してなくても、口にする言葉に説得力がある。同じ仕事をしていても、格段に高く評価される。交渉相手から信用される……」

「まあ、そういうことはあるかもしれないな」

コミュ力——それは社会における最強のスキルのひとつと言われている。

その発生源が……直也の言う陽のオーラであったとしても不思議ではない。

「陽キャたちと長く時間を過ごして、誰に見下されることもなく、ずっと見下す側にいたという自負心は、圧倒的に強い社会人を生み出すんだ……！」

理解はできるが、あまり共感はできない考え方だった。

蒼は陽キャに劣等感を抱いたことがない。なぜなら……。

「それも極端だと思うけどねえ……。社会人としての敗北の理由を、学生時代に押しつけすぎてるというか……」

自分はオタクだとすでに完全に割り切って生きている男、称徳がつぶやいた。

「ぼくは自分を冴《さ》えない男だって理解してるから、印象なんかに頼ることなく成果物がすべてっていう仕事や生き方を目指すよ」

「成果物がすべて……たとえばどんな」

直也がぽかんとした顔でたずねた。

それはコミュニケーションを一切求めない生き方、仕事ということだ。

そんなことが果たして可能だろうか。

「ラノベの賞をとってアニメ化して大金持ちになったり、えげつなくスケベな同人ＣＧ集を一発当てて大金持ちになったり……」

「おまえの考えの方が百万倍極端だよ‼」

蒼も思わずつっこんだ。

そもそも、おまえが文章とか絵の勉強をしてるなんて聞いたことないぞ。

――いや、隠れてやっているのかもしれないけれど。

本気で目指しているなら、おいそれと口にできない『聖域』となっているに違いない。

称徳は「あはは」と、冗談とも本気ともつかない笑みを浮かべる。

「確かにオタクでもそういう、これだけは絶対に負けない一芸みたいなものがあれば別なのかもしれないけど……俺は消費者型のオタクに過ぎないからな」

直也は苦々しい顔をして言った。

――蒼にはそれがある。

日本一のコスプレイヤーの半身だという自負心がある。

だから、自分の聖域さえ侵されずにいれば、教室内のカーストなんてものを別世界のもののように、他人事《ひとごと》のように客観視することができた。

それでも……陽キャの世界を一度体験してみるのもいいかもしれない。

何しろ自分は、この学校のカーストの頂点にして現役ファッションモデルである星乃栞の恋人なのだから。

彼女に相応《ふさわ》しい男になると、約束をしたのだから。

コスプレを一生の仕事にするかはわからない。

今は、そう思うようになった。

かつてはコスプレこそ自分の人生そのものと思っていたが、今ではそれが愛歌と二人で生きていくことの象徴のように思えている。

「そういう時期を作ってみても良いんじゃない？　視野はきっと広がるだろうし」

称徳が優しい口調で言った。

こいつが優しい表情と口調になるときは、だいたいその後に地獄のような発言を続ける前振りなのだが、このときは違った。

「陽キャたちと一緒にいてみて、上手《うま》くいかなけりゃぼくたちのところに戻ってくればいいのさ。帰るところがあるのに挑戦しないのは、ゲームで言ったら『アド損』だろ？」

母性すら感じる優しい口調で、称徳は蒼の背中を押してくれた。

――どうして仲の良い友達と距離を取らねばならないんだ、という理不尽も感じつつ、蒼はしばらく『陽《い》キャ』を目指してみることにしたのだった。

◇
「なあ！　月ヶ瀬！　その……女帝と行ったっていう服屋のこと教えてくれよ！」

「髪の毛のセット、何使ってるん？」

「ねーねー！　栞のノロケは十分聞いたからさー、カレピ目線の話もっと聞かせてよ！」

「あたし……王子の親衛隊に入りたいんだけど！　口を利《き》いてもらえないかな⁉」

猛襲――休み時間になる度、まさしく猛襲である。

それもそのはず、やってくるのはクラスメイトだけではない。他のクラス……さらには上級生すらたまにやってくる。何だよ、王子の親衛隊って。

いい加減、同じ話ばかり繰り返すのに飽きてくる……。

直也や称徳、栞や愛歌とのオタクトークが恋しい……。

しかし迫り来る陽キャたちとの会話を、おざなりにするわけにはいかない。

蒼は自分の話題性がホットなうちに、自分に近づいてくる陽キャたちの『選別』をしなければならなかった。

陽キャといっても、いろいろだ。自分とは到底相容《あい い》れなさそうな奴《やつ》もいれば、漫画やゲームの話題がそれなりに通じそうな『明るいオタク』だっている。

重大なミッションだ。蒼は途中から、休み時間に誰とどんな会話をしたのか、その印象を授業そっちのけで記録するようになった。

漠然と話の合うやつを探すという友達作りではなく、陽のカーストに居場所を作るという明確な目的のある友達作り。

友達作りをここまで意識して努力したことは、人生において初めてだったかもしれない。

学校で万が一、友達ができなかったとしても——家に帰れば愛歌がいるという余裕が蒼の人生には常にあった。

そうして蒼は少しずつ——外に目を向け、自分の殻を破ろうとしていった。

そして放課後。

「月ヶ瀬ーっ！　例の服屋連れてってくれよ！」

「話足りねぇー！　栞、カフェ行こ！　カレピくんも！」

「ウェーイウェーイ！　服屋ウェーイ！」

「ウェーイじゃねえっつーの男子！　カレピくんはうちらと行くんだから！」

陽キャとイケ女がいさかいを始めたそのときだった。


「もーっ！　みんないい加減にしてよーっ‼」


……限界を迎えたのは蒼ではなく栞の方だった。

「休み時間もお昼もずっとみんなとご一緒してたんだから！　放課後はあおくんと二人きりにさせてよーっ！」

栞がイケ女に一喝した。男子を無視しているのは、彼女が男性恐怖症だからだ。

だが栞のその発言は、男子たちにも多大な効果を与えた。

「今の、聞いたかよ！　マジで女帝の方が月ヶ瀬にガチ惚《ほ》れしてるんだな……」

「しょせん昨日まで陰キャだったやつだろ？って思ってたけど……」

「王子に認められ、氷の女帝にガチ惚れされる男！　すごすぎてすげえぜ！」

何やら勝手に恐れ入って、身を引いていく。

「確かにこれ以上は野暮《やぼ》ポヨね……」

イケ女が言った。

野暮ポヨってなんだよ、と蒼は思った。

「……出来たてカップルを冷やかして遊ぶにしても、限度があるか」

「引き下がってもいいけど……じゃあ栞、今日は二人きりでどこまでイっちゃうの⁉」

「A？　それともB？　まさかのC⁉」

直接的なからかいを受けて、栞が「もーっ！」と声をあげた。

――どこまでイクかと言われても、彼女は手を繋《つな》ぐことまでしかできない。

というか今どきAとかBなんて言い方するものなのか？

確かAがキスで、Bが胸……だっただろうか。

不意に蒼の頭に、愛歌のキスや胸の感触が蘇《よみがえ》った。

……ダメだ、日中ぐらいはあいつのことを頭から取り除かなくちゃ……。

「ほら、行こ！　あおくん」

栞が蒼の手をつかんでくる。

手繋ぎ――あまりにもささやかで、プラトニックなスキンシップ。

この場の経験豊富そう（偏見）な女子たちが聞いたら鼻で笑うかもしれない。

それでも二人で力を合わせて、栞が勇気を振り絞って踏み出せた、尊い一歩なのだ。
一瞬、踏み出すのが遅れたけれど、栞に手を引かれてつんのめり気味に蒼は彼女について
いった。その背中に、陽キャとイケ女のヒューヒューという冷やかしの声が飛んでくる。

「やれやれ、困ったものですよ」

カフェでようやく二人きりになり、栞が言った。

「彼氏を自慢するのは女子の幸せだって言ってたじゃん」

「バランス！　バランスです！　適度に自慢しつつ二人きりのイチャイチャも大事にした
いの！」

可愛《かわい》らしいワガママを口にしながら、栞がメニューを開く。

連れてこられたのはオシャレなカフェだった。

思わず陰キャ的な緊張を禁じ得ない。蒼が直也や称徳と帰りに寄り道する際の定番は、
マクドナルドであった。

カフェなんて入ろうとしたこともない。

「注文の仕方がわからなかったらどうしよう……」

蒼は思わず肩を竦《すく》めた。

「ここのカフェは注文の仕方、普通だよ。スタバじゃないんだから」

「呪文は？　呪文は唱えなくていいの？」

栞が笑いながらメニューを差し出すと、普通のレストランと大差がなかった。

「これ！　友達とここにはよく来るんだけど、これを頼んでみたかったの‼」

そう言って栞が指さしたのは、カップル専用デラックスパフェセット。

とんでもなくデカい容器のパフェとドリンクを、二人で分け合おうというものだった。サイズの割にお値段はお手頃で、実質的なカップル割引サービスなのだろう。

「……同性同士二人でも注文できるって書いてあるけど」

最近はこういうところにも配慮されているんだな、と妙な感心をしてしまう。

「頼もうと思ったら頼めるけど……友達とひとつのドリンクを2本のストローで飲むの、嫌だよ……」

「確かに……。直也や称徳と頼みたいかって言われると、まったく頼みたくない」

「こういうのは恋人とだから憧れるの！　割引とかじゃなくて‼」

注文してもいい？と小首を傾《かし》げ、蒼が頷《うなず》くと、栞はそれを注文した。

「カップルでらっしゃいますか？」という店員さんの問いに、

「はい！　カップルです！」と胸を張る。

そして蒼に向き直ると「へへへっ」と満面の笑顔を咲かせる。

蒼は少し照れくさいけど、こういうときの栞は本当に嬉《うれ》しそうなのだ。

「それにしても……すごい店内だな」

人心地をつけてから、蒼はようやく店内を見回した。

「ここはピンクカフェだからね」

「ピンクカフェ……？」

――聞きようによってはいかがわしいフレーズだけれど。

「女の子がお姫様気分を味わえるようなカフェのことだよ」

まず圧倒されるのは、壁にテーブル、あらゆるものが濃淡様々なピンク色で染められていることだ。そしてあっちこっちに巨大なぬいぐるみやファンシーな小物が飾られている。

ステンドグラスの窓から注ぐ光が、店内の色彩をいっそう鮮やかにしている。

どこを向いてもかわいいものがある。かわいいしか勝たん。

全方位かわいい空間であった。

「あおくんたちトリオは、こういうお店は見た目にばかりお金かけて、どうせ食べ物はどうってことないって行きもせずにケチをつけそうだよね」

「言う言う。俺と称徳は間違いなく言う。直也はこういうのに素直だけど」

「でもここは個人のケーキ屋さんが手作りで内装をやってるから、フードに力をいれてないわけじゃないんだよ！」

デザイナーや内装業者が関わっていないのか、と蒼は感心した。

確かにところどころ手作り感があって、素朴な雰囲気を生み出している。

世の中には個人ですごいことをして成功する人がいるものだ。

コスプレとか、ファッションとか、称徳が語っていたオタク的創作とか……、
そういうもので食っていくというのは、こういうことなのだろう。

「お待たせいたしました」

そうこうしているうちに、やたらとインスタ映えを狙ったような巨大なパフェとドリンクが運ばれてきた。

「よろしかったらお写真お撮りしましょうか？」

「よろしくお願いします！」

栞が快活に答え、二人で身を寄り添いあって写真を撮ってもらう。

――肩が触れ合いそうで、しかし絶対に触れ合わない微妙な距離。

「さっ、食べよ！」対面に座り直して、栞が幸せそうに笑う。

この心から嬉しそうで、幸せな笑顔。蒼にも幸福感がこみ上げてくる。

この笑顔だけで……愛歌のことをしばらく忘れるのに十分だ。

「あーん」当然のように栞があーんをしてくる。

逆に蒼も「あーん」をし、交互に食べる。ドリンクもストローが2本挿さっているのに一人だけで啜《すす》るのは虚《むな》しいから、二人同時に飲むことになる。

それがカップルセットというものだった。

「なんて自分のペースで食べられないセットだ」と、蒼は笑った。

「二人の息が合うかが問われることになるねっ！」

そう言いながら栞がドリンクのストローを口にくわえたので、蒼もそうした。

二人で顔を間近に寄せ合って、見つめ合いながらストローを吸う。

……………これ、なんだかキスみたいだな。

心臓がどきっと跳ねる。今までカップルがこういう飲み方をするのを、何が楽しいんだろうと思っていたが、実際にやってみるととんでもない。

ドリンクの中身はこのカフェ手作りのレモネード。

甘みは強くなく、甘ったるくなった口の中を清々《すがすが》しい酸味がリフレッシュさせてくれる。

ファーストキスはレモン味――それが比喩に過ぎないと経験して知っているけれど。

「これ何だか……キス……みたいだったね」

ストローから口を離して、栞が言った。やはりそう思ったらしい。

「俺、カップルドリンクというものを甘く見てた。なんというか、VRだった」

「甘く見ていたつもりはなかったが！　想像以上でした！　体験してみるものだね……私ずっとこれ、憧れてたんだ」

漫画やアニメに出てくる、典型的なイチャイチャ。

「私、こんなだからあおくんと触れ合えないけど……」

栞は不意に俯《うつむ》いて、切り出した。

すぐに顔を上げて、決然と言う。

「でもでもスキンシップとかえっちなことじゃなくてもさ、やってみたいことが一杯あるんだ！　恋人ができたらしてみたいって憧れてたような……」

――蒼にはなかった。

恋人ができるなんて思っていなかったから。

それでも「漫画やアニメでバカップルって言われるような？」と相づちを打つと、

「まさにそれ！」と栞は頷く。

「前にもカップルらしいことといろいろやろうって言ったけど、まだデートとかってあまりしてないじゃない？　行動範囲をもっと広げて、よりスケールアップしたイチャラブを経験していきたいという所存です！」

確かにデートというものはまだあまりしていない。

「私のせいで……って思ってたけど、自分を責めるばっかりじゃなくてもっと前向きになりたいんだ。そういうの、開き直りかもだけど、許してくれるかな」

「もちろん。……一緒に前に進んでいくって約束しただろ」

「えへへ……そうだよね！　これからは積極的に出かけよう！」

栞は遊園地だとか、水族館だとか……と指折り数え出す。

どこに行っても楽しいに違いない。

ふと、愛歌という存在を思い出す。

愛歌には彼女の存在がバレているから、コソコソと隠れる必要はない。

むしろ毎日のようにデートして、彼女と上手《うま》くやれているのだということを愛歌に見せつけてやりたい……そんな謎の反発心が胸に湧いてくる。

栞の幸せそうな笑顔を蒼は見つめる。

自分も今この瞬間の幸せにまったく疑いを抱いていないと確信しながら。

自分たちは完璧なカップルだと信じながら。

二章　夜の世界

寄り道デートでたっぷりと時間を潰してから、蒼《そう》は帰宅した。

「おかえり、お兄ちゃん！　遅かったね？」

玄関に出迎えてきた愛歌《まなか》は――チャイナ服を身につけていた。

かつて蒼が縫った衣装である。

生地の色は大人びた色気を感じさせる漆黒。

そこにゴールドの刺繍《ししゅう》がところどころに輝いている。

チャイナドレスはシルクとレーヨンの混紡がもっとも高級品とされているが、流石《さすが》に高価なシルクには手を出せずレーヨン製だ。しかしレーヨンももともとシルクの代用品として生み出された化学繊維で、素人目《しろうとめ》にはシルクと見分けがつかない上質なものもある。

何より――採寸が完璧なチャイナドレスは、ハッとするほどシルエットが艶《なま》めかしい。

上半身は身体《からだ》に完璧にフィットし、滑らかな光沢感が胸の起伏や腰のラインを鮮やかに際立《きわだ》たせる。肌の露出がほとんどないのにエロい上半身が完成する。

一転して下半身は優雅なドレープをきかせた超ロングスカート、大胆に切り込まれたスリットから生脚がするりと覗《のぞ》く。身動きするたびに脚が見えたり、隠れたり、奥の下着までもが見えそうになったり……男心を掌上《しょうじょう》に転がす。

悪魔的ともいえるエロさがそこにはある。

玄関で棒立ちしている蒼に向かって、愛歌はしゃなりしゃなりと腰を揺らしながら歩み寄ってくる。常に身体のラインがS字を描くような動き。

女の身体がもっとも美しく見える歩き方を、愛歌は習得している。

真に恐るべきは愛歌のウォーク技術かもしれない。左右に揺れる腰に合わせて、蒼の目もアホのように左右に揺れてしまう。

チャイナドレスは脚も良《い》いけど、腰のくびれが最高だ……。

そしてハッとした。

「お兄ちゃん、見惚《みと》れてたでしょ?」

すぐそばまでたどり着いた愛歌が、蒼の胸をつんとつついた。

「はい……」

絶対に否定できない、絶望的な問いかけであった。

「触りたそうな目つきをしてたよね? いけないお兄ちゃんだ」

愛歌が誘うような色っぽい笑みを浮かべる。

何より――チャイナドレスは今の愛歌に似合っていた。

まだ中三の子供なのに得体の知れない色気を獲得してしまった、今の愛歌に。

愛歌が蒼の両手をつかみ、自分の腰の方に回させた。

蒼の両手に自《おの》ずから力がこもり、愛歌の腰を思いっきり抱き締めてしまった。

折れそうなぐらい華奢《きゃしゃ》にくびれたチャイナドレスの腰――目にした瞬間に抱き締めたいという衝動に駆られるのは当然のことだ。

「それに胸も、脚も、舐《な》め回すように見てたよね？」

愛歌がすりすりと胸を擦《なす》り付けてくる。脚も蒼の脚に絡《から》ませるように密着させてきた。

蒼の胸に抱かれて、愛歌の匂いが濃密に立ち上ってきた。それは触れ合うことのできない栞《しおり》からは感じることのない、生々しい存在感だった。

「えへへ……もっとギュッってしてよ」

愛歌が甘え声を出す。これは妹なのか、もっと別の対象なのか……。

蒼の両手は愛歌の背中やお尻までもまさぐろうとして……、かろうじて自制心を発揮して、それを抑えた。

「離れろよ」

愛歌の肩をつかんで、押し離す。

「たっぷり堪能《たんのう》してから強がっても、説得力ないよーだ！」

愛歌はいたずらっぽく笑ってから、台所の方へと駆けていった。

取り残された蒼は、心臓がドクンドクンしたままなのを感じながら、ため息をつく。

栞との甘酸《あまず》っぱくてプラトニックな時間の後に、こんな小悪魔が待ち受けているなんて。


ダイニングに食事が並べられていく。

「……お兄ちゃん、お腹《なか》いっぱいだったりする？」

愛歌が顔色をうかがうようにたずねてきた。

根っこの気弱さがうっすらと滲《にじ》んだような表情だった。

カロリーの爆弾のようなパフェを食べてきた後だが、その後ずっとだべっていたので、胃袋にはそれなりに余裕ができている。

「大丈夫、腹減ってるよ」

「じゃあ！　いつも通りの量をよそうね！」

愛歌の表情によぎった不安そうな影……。

……たぶん愛歌は『蒼の胃袋を満たす』という自分の領分を侵されることを、不安に思ったのだ。

その役割は、愛歌が居場所のように感じているものに違いない。

蒼が毎日お腹いっぱいになって帰宅したら、彼女は何かを失ってしまう。

——愛歌という少女の過去を考えたとき、それは絶対に気を遣ってやらねばいけないことだった。

愛歌に孤独を感じさせてはいけない。

兄として、それは絶対に。

……でもデートっていうと、何かしら食べそうだよな。

何か運動でも始めた方がいいかもしれない……。

テーブルに並べられていく料理は、普段は見慣れないようなオシャレなものだった。

鶏肉《とりにく》のトマト煮込み、こんがりしたバゲット、マッシュポテトにオニオンスープ、デザートにイチゴ……。

パンにこのトマトソースをつけて食べろってことか。

なんてオシャンティーな……。

「おまえトマト煮込みなんてレパートリーあったのか。初めてじゃないか？」

「ノンノン。これはトマト煮込みじゃなくて『カチャトゥーラ』」

妙な巻き舌で愛歌は答えた。

「何だよそれ……何語だ？」

まあ、ネットで調べれば大概のものは作れる、大抵のことは何とかなる……というのが蒼と愛歌の二人暮らしのスタンスではあるのだが。

トマトをまとった鶏肉を早速口に運ぶ。芳醇《ほうじゅん》な味わいが口に広がった。

「これは……オシャレぶってるけど、ディスカウントストアの『若鶏《わかどり》テール』じゃねーか！」

ディスカウントストアの冷凍若鶏テール……それは究極のコスパ食材である。

１００ｇあたり40円。しかも安心安全の国産で驚異的なこのプライス。

ニワトリのケツの部分の肉である。決して味が悪いわけではない。むしろ焼鳥屋では『ボンジリ』と呼ばれて人気を博している部位である。

非常に脂が乗っていて、鶏肉のトロとも呼べる美味《おい》しさだ。

何故《なぜ》値段が安いのか不思議だが……パッケージに下処理（軟骨や羽毛の除去）が必要と記載されており、それで敬遠する人が多く人気がないのかもしれない。

だが、それでもこのコスパは捨てがたいと愛歌は手に取り、挑戦した。

その結果……細かいことは気にしなくていいことがわかった。

下処理なんて適当でも美味《うま》かったのだ。

以来、若鶏テール肉は月ヶ瀬《つきがせ》家の定番となった。

シンプルに塩胡椒《こしょう》したり、醤油《しょうゆ》とみりんで焼鳥風にしたり……。

「まさかグラム40円の肉ごときにトマト様をぶっかけるとは……」

食べてみると肉は煮こまれているのではなく、香ばしく焼かれてからトマトソースをかけられたものだとわかる。

この肉は脂が強すぎるので、煮こむだけだとくどくなってしまうのだろう。

内部の脂が流れ出やすいようカットしてから焼くというひと工夫も施されている。

トマトソースは酸味がしっかり飛んでいてまろやかな味わいだ。

——トマトに含まれるクエン酸は175℃以上でないと分解されないが、沸騰により水は100℃以上の温度にならないため、ちょっと加熱しただけでやめてしまうと酸《す》っぱい仕上がりになってしまう。

トマトから水分がなくなるまで火にかけ続けねばならない……。

ネットで集めた情報と日々の自炊経験に裏打ちされた、プロ並の素人料理だ。

「いつもよりワンランク上に感じるでしょ?」

愛歌が蒼のすぐ隣ぴったりに座る。お尻がくっつくほどの距離感は、恋人と並んで座るときにすらないものだ。

チャイナドレスの裾からすっと脚が持ち上がって、蒼の両脚に乗っけてくる。

「おまえそれ、キャバクラの接客みたいじゃない？　よく知らないけど……」

「ほら、バゲットにつけても美味しいよ。あーん」

蒼の指摘を無視して、バゲットにトマトソースをたっぷりつけたものを横から差し出す。

「兄妹《きょうだい》はあーんなんてしないだろ」と、蒼は身を引いた。

兄妹の範疇《はんちゅう》を超えるようなことはしない……。

「これぐらいするでしょ。ていうかしたことあったじゃん」

……言われてみれば、あーんぐらいしたことあったな。

渋々とあーんを受け入れる。

日中は栞とあーんをし、夜は妹とあーんをする……。

蒼がおかずを一口食べると、愛歌が横からバゲットを差し出してくる。

鶏肉を食べる、あーんをされる、ポテトを食べる、あーんをされる……。

蒼が主食とおかずを交互に食べるタイプだとわきまえている愛歌のあーんは、まるで餅つきのように息がピッタリだった。

「俺に構ってないで自分の分も食べろよ」

「んー……」

愛歌は身を離し、自らの食事に取りかかった。

「お兄ちゃんさ……彼女とどこまで行ったの？」

身を離すと、再び不安そうな口ぶりで愛歌が問いかけてきた。

――栞と上手《うま》くいっていることをアピールして身を引かせたい、という考えはあった。

しかしそのために嘘《うそ》を吐こうという発想を持てなかった。

「別にまだ何もしちゃいないよ」

「……！　ふ～ん！」

愛歌の表情がパッと明るんだ。

蒼だけ一方的に表情を読まれているわけではない。

こいつだって素直で、大概わかりやすいやつなのである。

「じゃあ……私の方が全然先に行ってるんだね」

飛びつくように蒼に身を寄せてきながら、イチゴを口に含んだ。

そして蒼の首に両手を回し、いきなりキスをしてきた。

触れ合う唇。愛歌の唇から蒼の唇に、イチゴが転がり込んでくる。

唇が離れた瞬間に、蒼の口の中に甘酸っぱい味が広がった。

「……玄関で私に見惚れた分ね」

理不尽に唇を奪ったわけではないというような言い分だった。

「次のコスプレについて、考えたりしてるの？」

夕食を終えてまったりしていると、愛歌が問いかけてくる。

「『ファイアボール・オデッセイ』のクレアなんてどうだ？　おまえも好きだろ？」

ファイアボール・オデッセイ——火の玉の異名をもつ自由闊達《かったつ》な女剣士クレアが、特に魔王がいるでもないファンタジー世界を舞台に繰り広げる冒険活劇だ。

今期話題のアニメで、ストーリーどうこうよりも主人公のクレアの人気が高く、コスプレの題材としては最適といえる。

しかし愛歌はむっと眉をひそめた。

「……クレアちゃんってことは、〈コスプレ造形〉がメインってことになるよね。お兄ちゃんの得意分野じゃないじゃん」

コスプレ造形——裁縫ではなく造形物によって作られるコスプレのことだ。

女剣士クレアは上下が分割された鎧《よろい》——いわゆるビキニアーマーを身につけ、腰には剣を携えている。

鎧、剣……そういったものは布では表現しきれない。

なので『造形技術』が必要となる。

コスプレボードと呼ばれる板を切り貼りして組み立てたり、何らかの素材を加工したり。

それらに塗装を施したり、布を貼り合わせたり……。

布という前提がある裁縫と違って、何を使っても構わないルール無用の世界である。

そこで問われるものは柔軟な発想力。百均の商品だけであらゆるものを作り出す〈魔術師〉なんて異名をもったコスプレイヤーがいるほどだ。

「まぁ、確かに苦手だけど……だからって避けてもいられないだろ」

蒼はこの数年間、裁縫の腕を磨き続けてきた。

しかし布だけで再現できるキャラクターなんて限られている。

現代学園もののキャラクターを推しているうちはいいが、ファンタジー世界のキャラを好きになってしまったら？

作るしかないのだ、鎧や剣を。

「造形が苦手だから好きなキャラを諦めるなんて、マナマナのスタンスじゃないだろ」

——一人で何でも作れなければならないのが、自作コスプレの世界なのである。

「でも、今は大事な時期だし、少しでもすごいって思ってもらえるようなのの方が……」

大事な時期……。

マナマナが次に目指すステージは『収益化《マネタイズ》』だ。

そのために、今は少しでも評価と知名度を高めるべき。下手なものは作るべきではない

……という考えも正しい。

別に趣味と作品愛でやっていることだから、収益なんて必要ではないのだが……、

自分の作品がどれほどの価値があるかを証明するというのは、何かを創り出す人間にとって気になって当然のことだろう。

お金ももらえるなら欲しいし。

マナマナほどの人気コスプレイヤーがいまだそのステージに立てていないのは、お色気路線を拒否しているからに外ならない。

収益化のもっとも安易で手っ取り早い手段は、エッチなコスプレ写真集の販売だ。

今やコスプレイベントでアダルト業界の会社や女優が18禁のコスプレ写真集を販売している姿も珍しい風景ではない。それぐらいコスプレとエッチは結びついている。

愛歌にも、際《きわ》どい路線で写真集を一緒に制作しませんかというオファーは個人どころか企業からももらったことがある。

……中学生にそんなオファーを、よくもまあ明け透けに出せるものだ。

まっとうなコスプレで評価を得るというのは簡単なことではない。

今のマナマナでもちゃんとしたオファーを得るには、まだあと一歩というところだ。

「大事な時期だからこそ、苦手分野でも逃げない姿勢を見せなきゃいけないと思う」

「……それで拙《つたな》い作品を見せることになっても？」

愛歌が不安げに問いかける。

コスプレ業界、それもネットの世界には、他人の粗探しに必死な人たちがいる。

良《い》いところを褒めるよりわかりやすい欠点をあげつらう方が筆が乗ってしまう人がいる。

また、良い感想よりも悪い感想の方が印象に残り、影響力を強く発揮するものだ。

コスプレイヤーは素顔を晒《さら》した生身で、それらと向き合わなければならない。

しかし酷評を過剰に恐れてしまったら、無難なことしかできなくなる。

相手に媚《こ》びるだけの人形になってしまう。

「大丈夫だよ、ちゃんと全体がまとまってればちょっとした欠点があっても気にならないものさ」

——蒼の頭の中に浮かんだのは、栞と一緒に行ったカフェだった。

店主が自ら手掛けたという内装。

部分的に手作りで、拙いところもあったが、完璧な世界観でまとまった小さな隠れ家。

蒼は今になってあの店に心が惹《ひ》かれた理由がわかった。

コスプレイヤーに必要な覚悟を感じたのだ——。

「口で言うのは簡単だけど……」

愛歌が不安げに視線を落とす。蒼は彼女の頭を撫《な》でた。

プレッシャーの矢面に立つのは、常に蒼ではなく愛歌の方だ。

「それにオファーを待つだけじゃなくて、こっちから動くことも出来るんだし。次のコスプレが完成したら今までの衣装もまとめて撮影しなおして、写真集を作ったらどうかって考えてる」

「個人写真集……？　お兄ちゃん、撮影に自信がないからって嫌がってたじゃん」

マナマナに弱点があるとしたら、造形分野と写真撮影の技術の二つに外ならない。

それでも蒼なりに、勉強と経験を重ねてきたつもりだ。

「ほのかさんに相談したら、『問題ない水準に達してる』って言ってもらえたんだよ」

蒼と愛歌の先輩『はんなりほのか』は、蒼がもっとも尊敬するレイヤーの一人だ。

アイドル的というよりは職人気質で、お世辞を口にする性格では絶対にない。

……まぁ本当は、もう一言つけくわえてたけど。

『問題ない水準に達していますわ。とっくの昔に。完璧を追求しているつもりで挑戦することから逃げてたんじゃないかしら？』

……挑戦を恐れているようでは成長もない。成果も伸び悩んでしまうに違いない。

マナマナは新たなステージに向かうときなのだ。

「造形に、写真集って……お兄ちゃんの負担が大きすぎない？」

「そんなことないだろ。主役はおまえだぞ。クレアみたいな破天荒なキャラは、おまえにとっても新しい挑戦だろ？」

蒼は頭を撫でる手をとめて、パシっと彼女の頭を叩《たた》いた。

愛歌はぴょんっとソファーから立ち上がった。

「そこまで言うんだったら！　お兄ちゃんを信じてもいいけど！」

「おう、信じろ、任せろ」

立ち上がった愛歌は、こちらを振り向き、上体を屈《かが》めて顔を寄せてきた。

キスをされる⁉と思わず身構える。

事実、愛歌はそれをするような表情と動きをしているように見えた。

……が、愛歌は顔を間近に寄せると、そこでピタリと止まった。

「……コスプレの話を始めた途端、私のこと全然意識しなくなるんだから」

──キスをしたくとも、それをする口実がない。

そういえば少なくとも食事を終えてからは、蒼は一度も愛歌に見惚《みと》れていない。

なんなら彼女が立ち上がった今、そういやこいつチャイナドレスだったなと思い出したくらいだ。

……律儀《りちぎ》なやつだな、と蒼は妙な感心をする。

愛歌はキスしそうなぐらい顔を寄せたまま、もう一度言った。

「ちゃんとしてくれるって……信じてるからね」

「何を疑われてるのかさっぱりわからん」

愛歌は身を離し、ダイニングから小走りに去っていった。

蒼も立ち上がり、自分の部屋へと向かった。

◇

蒼は自室の机に向かい、ノートパソコンにファイアボール・オデッセイの印象的なシーンのキャプチャ画像や設定資料画を表示させる。

それらを見ながら衣装を作る手順に頭を巡らせる。

「これ、クレアの資料？　早速作り始めるの？」

——背後から、愛歌が画面を覗《のぞ》き込んできた。

振り向くと、チャイナドレスではなくいつものカエルデザインの部屋着に着替えていた。

まあ、あのコスプレ姿で家事をするわけにはいくまい。

「お風呂《ふろ》、しばらくしたら沸くけど私が先に入る？」

蒼の様子を見て、愛歌が気を利《き》かせる。

「どんな感じ？」

「……難しいのはやっぱり、ビキニアーマーだな」

「最近ロボット系のコスプレする人増えてるよね。鎧ってあんな感じなの？」

「カクカクしたデザインのロボだとコスプレボードを箱状に組み立てるだけでいいけど、

クレアのビキニアーマーは丸みを帯びてるから、難易度が上がる」

コスプレボードを熱して柔らかくし、湾曲させながら貼り合わせることになる。

「あっ。だからカクカクしたのが多いのか。できるの？」

「とりあえずまずは型紙作りからだな……」

型紙作りは布も造形もそう違いはない。

愛歌のトルソー原型を元に、まずはミニチュアサイズで試行錯誤していくことになる。

「色はどう塗るの？　合皮貼り？　スプレー？」

「うーん……」

コスプレ造形のカラーリングは大きくわけて、カラー合皮を貼るやり方と、塗装を施すやり方の二種類がある。

カラー合皮は綺麗《きれい》に貼ることができれば清潔感のある仕上がりになるだろう。しかし、

「クレアは流浪《るろう》の剣士だからな。塗装で重厚感を出した方がいい。……でも経験と技術の差がモロにでるんだよな、色塗り……」

塗装にも様々な手法がある。

もっともオーソドックスなのは缶スプレーで、色ムラなく塗り上げることができる。

「金属色のスプレーで塗ってからテカテカの鏡面に磨くのとかカッコイイよね」

「それめっちゃ難しくて手間がかかるやつ……」

光沢仕上げは完璧な下地作りと、高い塗装技術と、地道な磨き作業が求められるのだ。

「ドライブラシで使い込んだ金属の質感を再現したいかなぁ」

乾燥させて粉っぽくした塗料を刷毛《はけ》で押しつける『ドライブラシ』という技法は、迫力のあるグラデーションを生み出すことができる。……上手にやれれば、だが。

「……これだけじゃなくて、いつも通り布のパーツも縫わなきゃいけないんだもん。大変だよね……」

そのとおりだ。……コスプレ、には、すべてが求められる。

そのとき部屋の外から、風呂が沸いたことを報《しら》せるメロディが聞こえてきた。

「それじゃあ先に入ってるからね！」と、愛歌が部屋を出て行く。

……あいつ、誘惑じみたことはしてこなかったな。

ありがたい。コスプレ作りに集中できる。

蒼は部屋で一人になって、改めて画面に向き直った。


——ファッションというものに興味を持ちだしてから、気づいたことがある。

みんなが当たり前のように着ている服は、恐ろしく質が良い。

そしてそれが『基準』となっている。

服の作り方を知らない人にとって、服というものの基準は『ユニクロ』だ。

……服を作ったことがある人間からすれば、あれはそら恐ろしい完成度なのだが。

だからユニクロに慣れきった普通の人がコスプレを目にしたとき、『安っぽい』と感じるのは当然のことだ。

しかし、ファッション業界は完璧な分業で成り立っている。糸を撚《よ》る工場があり、布を織る工場があり、編み物を編む工場があり、服を縫う工場がある。

シャツを縫う工場はパンツは縫わないだろう。シャツ専業だ。

靴だって、何十年も前から靴を作り続けてきた、靴のことしか考えていないような専門家が作っている。

――コスプレイヤーは一人で全部をやらねばならない。

蒼はパーティーグッズとして売られているようなコスプレグッズの安っぽさが嫌で、裁縫の腕を磨き、生地の質にもこだわってきた。

しかしまだ道半ばである。レザーを筆頭に、縫ったことのない生地がいくらでもある。

その上さらに造形という未知の世界が広がっているのである。

……ほのかさんの言うとおり、一つのことで完璧を求め過ぎちゃいけないし、新しいことに挑戦することを恐れちゃいけないんだ。

一つのものをたった一人の個人で生み出すことの喜びだってある。

……あのカフェは、店主のうちに秘めた世界観そのものだったのだろう。

だから惹かれたのだ。

愛歌が風呂に入っている間、蒼はコスプレ作りの準備作業に没頭した。

楽しい。

やはりコスプレの制作は楽しい。

——俺はちゃんとコスプレが好きなんだろうか、という迷いを実は抱いていた。

それほどまでに、愛歌から告げられた言葉は衝撃的だったのだ。

『お兄ちゃんはコスプレを愛しているつもりで、ずっと私を愛し続けてたんだよ』

そうかもしれない。あのとき思わずそう納得しかけた。

後になってからどれだけ考えても、答えがわからなかった。それほどまでに蒼にとって、コスプレと愛歌は深く結びつき、切り分けて考えることのできないものだった。

しかし……やっぱり新しいコスプレ作りをスタートさせると、問答無用の楽しさに駆られる。この楽しさのすべてが、愛歌だけに向いた感情であるはずがない。

兄妹《きょうだい》である愛歌を異性として愛してはならない。

だけど、コスプレに対して罪悪感を抱く必要はない……。

今日は幸福な一日だったはずだ。

周囲から羨まれながら栞と堂々と一緒に過ごし、放課後デートをした。

愛歌と過ごす時間だって、もちろん嫌いなわけではない。

しかし今この瞬間——新しいコスプレ作りをスタートさせた今この瞬間が、もっとも晴れやかな気持ちで過ごせている気がする……。

三章　遊園地デート

週末の土曜日、蒼《そう》と栞《しおり》は遊園地にやってきた。

早速お出かけデートをどんどんしようという約束を実行したのである。

到着するなり、二人とも更衣室に入ってコスプレ姿となった。

――この日はコスプレデーだったのである。

近頃はコスプレ関連企業との共催で、遊園地がこういった試みを行うことは珍しいことではない。

コスプレ姿で、様々なアトラクションを自由に遊ぶことができるのである。

「めっちゃテンション上がるね‼」

ダークステラの格好をした栞が言う。

「遊園地で堂々とコスプレっていうのは、日陰者じゃない感じがして気持ちいいな」

エーデルバルド長官の格好をした蒼は苦笑いを返した。

……それにしても、またこの格好をすることになろうとは。

本当にエーデルバルドとかいうおっさんに愛着が湧いてしまいそうだ……。

「おい見ろよ……あのコスプレイヤーめっちゃかわいい！」

「衣装のクオリティ半端《はんぱ》なくね⁉　全然安っぽくない！」

周囲の一般客の視線がこちらに集まってくる。

栞が手を振ってみせると、歓声が沸き上がった。

――コスプレイヤーは公の場をうろついていてはいけない存在である。

しかし遊園地で行われるコスプレイベントでは、一般人から温かく受け入れてもらえる雰囲気がある。

奇異の視線を向けられるのではなく、見て楽しんでもらえている感覚。

遊園地という非日常の場とコスプレイヤーの組み合わせは、相性が良《い》いのだ。

「じゃあ早速、コースターに乗りに行こう！」

栞はおーっと腕を振り上げ、蒼はうっと呻《うめ》いた。

この遊園地のジェットコースター『サンダーストームドラゴン』は全国的にも有名な看板アトラクションだ。

なのでここに来たらこれに乗らないと……という雰囲気がある。

ましてや初のお出かけデートで、彼女に一人で乗ってくれば？とは言えるわけがない。

なにより、ジェットコースターにビビるなんてダサすぎる。

しかし本音を言えば……逃げたかった。

中学校の頃に友達と一緒に乗ったことがあり、そのとき二度とジェットコースターなんて乗るものかと心に決めたのだが……こんな回避不能イベントが起こるなんて。

栞は蒼と手を繋《つな》ぎ、ルンルンと歩みを進めていく。

あっという間にジェットコースターの行列にたどり着いた。

「私、遊園地に来るのって小学校の低学年以来なんだ！　ほら、中学校のとき私って友達いなかったから……」

「ああ、なるほど……じゃあドラゴンには乗ったことがない？」

「それどころか絶叫マシン自体初めてだよ！　楽しみだなぁ‼」

ぱぁーっと笑顔を輝かせる。この笑顔、守りたい。

あまりにも無垢《むく》な様子の栞に、蒼は不安を掻き立てられた。

「星乃《ほしの》さん……一応言っておくけど、ここのドラゴンは相当やばいやつだよ？」

「そうなの？　でも人気アトラクションなんでしょ？　みんな乗ってるなら私だって大丈夫ですよ！」

人気があるからと言って万人向けとは限らない。

熱心なマニアから愛される激辛ラーメン屋だって、世間では人気店と呼ばれている。

ゲテモノ向けのコンテンツは過激なら過激なほど人気が出るものだ……。

少しずつ列を進んでいくと、すぐそばでジェットコースターが通り過ぎていくのが目に入った。栞が「ほらっ」と指さした。

「大丈夫だよ。大して速くないじゃん」

それは、斜面をゆっくりと登っていくコースターの姿だった。

……あれはゆっくり上るからかえって怖いんだ。

「漫画やアニメに出てくるジェットコースターのビビりかたって、ちょっと大袈裟《おおげさ》すぎるよね！　私はああはならないですよ、えっへん！」

……あかん、この人、ジェットコースターのことを根本的に理解しとらん。

「星乃さん、見るべきはこの先だよ」

「先？」

ちょうどその時二人で視線を追っていたコースターは斜面を登り切った頂点に達し――、

――一気に急落下した。

高低差１００メートルの垂直落下はサンダーストームドラゴンの名物である。

そこからもドラゴンは荒れ狂う。

猛スピードを保ったまま『ストーム』という名の由来となった高速きりもみスピンをぐるんぐるんと繰り返し、上下左右もわからなくなる勢いですっ飛んでいく。

ときどき他の建物にぶつかりそうなスレスレを走るのが、また怖い。

栞はポカーンとした顔で、悲鳴と轟音《ごうおん》の尾を引かせて遠ざかるコースターを見送った。

「……いや、でもさ」ぽつりと口を開いた。

「あまり速くなかったよ！　けっこうゆっくりだった!!」

「遠くから見てるとそう感じるだけだよ。あれ、国内トップクラスの速さ」

蒼の現実的なツッコミに、栞は表情を引きつらせた。

「引き返すなら今のうちだよ」

「……いや、せっかくもう列の半分まで来たんだし！　もったいない！」

確かにもったいないが、蒼は称徳がソシャゲーのガチャで爆死しながら、

「ここで引き下がったら今までの投資が無駄になるし……」

……と言って白目を剝《む》きながらガチャにどっぷり沈み込んでいった姿を思い出した。

死刑宣告を待ち受けるように、列は進んでいく。

「あ、あおくん、顔が青いよ？　あおくんだけに……。まさかビビってるのかね？」

「……俺は乗ったことがあるから知ってるんだよ。ドラゴンの恐怖を……」

蒼がおどろおどろしい声で言うと、栞はびくっと身を震わせた。

「そ、そんなに怖いの……⁉」

「……」

「重々しく黙らないでよ⁉」

やがて入場口が近づいてきて、人々がコースターに乗り込む様子が見え始めた。

「な、なんだありゃあ……」と、栞がつぶやく。

……サンダーストームドラゴンにはボディと呼べる部分が限りなく無い。

座席シートと安全固定具、ほほそれだけが剝き出しになったスケルトン仕様なのだ。

「ドラゴンにまたがって空を飛んでるような感覚がコンセプトで、開放感抜群のオープンエアーがウリなんだってさ」

「オープンエアーって……こんなのエクストリームバーチャル投身自殺じゃん‼」

栞の言葉に前後の客が小さく噴き出した。ウケた。

でも絶叫マシンの本質とも言えるな……エクストリームバーチャル投身自殺。

それの何が楽しいの、と蒼は思っているわけだが……。

ついに順番がやって来て、蒼と栞はシートに座らされた。

係員のお姉さんによって、安全バーが下げられる。

栞が恐慌《きょうこう》した。

「こっ⁉　これ、隙間！　隙間大きくない⁉　私が細すぎるせい⁉　ちゃんと固定出来てなくない⁉」

「大丈夫ですよー」と、係員のお姉さんが苦笑いする。

「しっ……死ぬ！　死んでしまう！　こんなの死なない方がおかしいじゃん‼」

「大丈夫だよ、星乃さん。毎日何百人も乗ってるんだから」

「そ、そうかな……⁉　そうかも……！」

まぁ、この遊園地、数年前に死亡事故起こしてるんだけど。

それは言わないでおこう。

ガタンっとコースターが動き出した。

ジリジリと進む死刑宣告。コースターはゆっくりと斜面を登っていく。

「おっ……おお……おおぅ……」

栞がキョロキョロと首を動かしながら、オットセイみたいな声をあげる。

「たっ、高い！　蒼くん高いよ⁉　こんなん死ぬ高さやん！」

「そりゃ高いさ。高いとも」

横に自分より取り乱してる人がいると……なんかこっちは落ち着くな……。

「ど、どうして私はお金を払って生命を危険にさらす感覚を味わってるんだろう……」

「それ、マジで何でだろうね……」

蒼は心底から共感して受け答える。

——社会学者ロジェ・カイヨワによれば回転や落下などの急激な動きによって、自らに混乱状態を生み出す『めまい《イリンクス》』は『遊び』における本質的な要素のひとつであるという。

……ただしそれは絶対に安全だという安心感が得られていることが前提となる。

それはともかくついにコースターが最高峰に達し……一気に急落下した。

時速170キロの速さでレールをほぼ垂直に滑り落ちていく……！

「ぎゃあああああああああああああああああああああっ‼」

続いて雷雲をくぐり抜けて飛ぶドラゴンのごとく不規則な連続スピンが延々と続く。

「ぎゃあっ！　ぎゃあっ！　ぎゃあっ！　ぎゃあっ！　ぎゃあっ！　ぎゃあっ！」

やがて景色を見せつけるような大きなカーブ……。

「ぎゃあああああああ…………ほえーっ、良い景色」

その後も再び激しい動きの山場を繰り返しつつ、コースターはゴールにたどり着いた。

◇

「とんでもない初体験だったよ……」

「その言い方はちょっと……」

二人はコースターを降りると、園内のオープンカフェで休憩をとることにした。

蒼はボッタクリめいた価格のブラックコーヒーをすすって、一息つく。

しかし、実は今日の遊園地のチケット代は栞持ちである。

金のない蒼と、モデル仕事で余裕があり、蒼とデートをしたくて仕方ない栞。

自然と栞が払うと言い出したのだが、何だかヒモみたいな気分になる。

――でも蒼くん、私にタダで衣装作ってくれたじゃん。

――それは俺がやりたいことだったから。

――これも私がやりたいことだもん。

そんなやりとりがあった末にここに来ているのだった。

「もう二度とジェットコースターなんて乗らない……でも、特別な体験したなぁって感覚はあるね！　乗って良かった‼」

「恐怖心から解放されるとすっきりして、楽しかったような気がしてくるよね」

もっかい乗ろうと言われたら、全力で拒否するけれど。

「ただちょっと……イチャイチャ感には欠けてたね」

「二人とも恐怖に感情を支配されてたからね……」

「次はもっとマイルドなやつにしようね。フリーチケットだから、いっぱい遊ばねば！」

「カップルといえば……やはりここであるね、あおくん」

蒼と栞はお化け屋敷《やしき》にやってきた。

最近回想されたらしく、蒼が昔来たときとは別物になっている。

「お化け屋敷か……。怖いっていうよりお手並み拝見って気持ちになるよな」

「ふふふ……私たちはもう高校生であるからね。安っぽさに興ざめしないか心配だよ」

二人は余裕顔でお化け屋敷に入っていき――、

「「こ、怖かった……」」

——再び顔を真っ青にして、退場してきた。

「作り物だと思ってたお化けが、いきなりめっちゃ動くんだもん……。何アレ……」

「たぶん実物じゃなくて映像だったんだよ。プロジェクションマッピングだと思う」

「今のお化け屋敷ってそんなことになってるの……？　あと、謎解きに集中してるときに怖い事してくるのマジやめて欲しい……」

「お化け屋敷にリアル脱出ゲームの要素を融合させるとは……」

最新技術と流行を見事にミックスさせた、子供だましとは対極の先鋭的なお化け屋敷だったのである。

……少子化に合わせて遊園地もただ子供向けというだけでなく、大人も惹《ひ》きつけるような進化と話題性が必要となっているのだろう。

「……ふふっ」と、栞が不意に笑みをこぼした。

「あおくん、めっちゃ怖がってたよね。手を握る力がぎゅっと強くなるの面白かった」

「星乃さんだって同じだよ。手を繋《つな》いでお化け屋敷に入ると、お互いがどこで怖がってるかわかって面白いんだな」

これは、実際にカップルでお化け屋敷に入らないとわからないことだった。

「私、怖くてあおくんに抱きつくっていうテンプレ恋人ムーブができないから、ちょっとどうだろうって思ってたんだけど……」

「ちゃんとカップルとして楽しめてたよ」

「だね！　……でも次はもうちょっとまったりとイチャつけるところに行こう」

そう言って歩いていると、二人の行く手にメリーゴーラウンドが目に入った。

「……まさにまったりロマンチックってやつがあそこにあるけど」

「女の子の私が言うのもなんだけど……メリーゴーラウンドって雰囲気重視すぎて何が楽しいんだろうって感じがするよね」

「でもここのメリーゴーラウンド、やたら雰囲気あるよな。全然並んでないし、箸休めに寄ってみようか」

蒼と栞が頷《うなず》き合う。

「……あのメリーゴーラウンドは百年以上前の希少なやつです。マニアにはたまらない逸品なんですよ」

不意に背後から話しかけられ、振り向くと、そこにはコスプレ姿の女性がいた。

それを皮切りに、さらにぞろぞろとコスプレをした女の子たちが集まってくる。

瞬《またた》く間《ま》に、蒼と栞は異装《コスプレ》の集団に囲まれた。

いや、蒼と栞も異装をしているのだが……。

「あ、あなたたちは……？」と、蒼は困惑気味にたずねる。

「あの……あなたがメリーゴーラウンドに乗ってる姿を撮影させてくれませんか⁉」

コスプレの女の子たちは、栞に向かって一斉に頭を下げた。

「別に構わないですけど……」

栞も一瞬、きょとんとしてから、答える。

すると女の子たちは「やったぁああああああっ！」「ありがとうございます‼」「ひと目見て、写真撮りたいなって思って‼」と一斉に声をあげた。

なるほど、確かにファンタジー衣装のコスプレにメリーゴーラウンドは問答無用でよく似合うだろう。

何よりも、今ここでしか撮れない一枚だ。

コスプレ女子たちは蜘蛛《くも》の子を散らすように走り出し、メリーゴーラウンドを囲むようにしてカメラをセットしはじめた。

蒼と栞は顔を見合わせて、思わず笑みをこぼしてからメリーゴーラウンドに乗り込んでいく。

レトロな音楽に合わせて木馬が上下に動きながら回り出す。

カメラを構えている女の子の前を通り過ぎる度に、栞はステラがこんな場面でしそうな照れ笑いを浮かべて手を振った。

蒼の方にカメラを向ける女子は一人もいなかった。

メリーゴーラウンドから降りると、彼女たちは「ありがとうございます！」と声をかけながら名刺を渡してきて、栞のコスネームや名刺を求めてくる。

名刺はないからと栞が『しおしお』とコスネームを告げると、

「写真、送りますねーっ‼」

女の子たちは満足して去って行った……。

「なんだか二人でイチャイチャとかって感じにはならなかったね」

「ふふっ……でも楽しかった」

確かに、と蒼は頷いてから、次のアトラクションへと歩き出した。

◇

蒼と栞はコーヒーカップ、フリーフォール、バイキング……など様々に楽しみ、やがて夕日が暮れゆく頃になって、『最後の締め』として大観覧車へとやってきた。

観覧車はライトアップがはじまっていて、誘蛾灯のごとくその光に園内のカップルが引き寄せられているかのようだった。

考えることはみんな一緒だね、などと話ながら列に並ぶ。

「そういえばここの観覧車って、中でカラオケが出来るのがウリなんだって」

栞は「えっ⁉」と驚きの声をあげる。

「……どうしてそんなことを……？　わざわざ遊園地に来て……？」

「……なんでだろうね？　綺麗《きれい》な景色を見渡しながら歌えて気持ちいいとか？」

「景色に集中しようよ……」

「いや、俺もまったく同感なんだけど……でももしかしたらロマンチックかもしれないよ。観覧車でラブソング歌いながら告白とかプロポーズとか……」

栞はクスクスと笑った。

「あおくんそんなこと絶対やらないくせに」

「やらないですね……」

二人で観覧車のゴンドラに乗り込み、対面ではなく隣り合って座る。

肩は触れ合わないけれど、手は繋いで握り合いながら。

少しずつ高くなっていく景色は、刺激的ではないが見応えのあるものだった。

「私たちの家はあっちかな」「あっちが池袋かな」などと指さして笑い合う。

ゴンドラがもっとも高くなったそのとき、偶然、夕日ももっとも赤く輝く瞬間を迎えた。

「綺麗……」と栞が呟《つぶや》いた。

蒼も、そう思った。返答代わりに繋いだ手にぎゅっと力を込めた。

栞も強く握り返してきた。

二人はしばらくそうして共感を分かち合いながら、美しい風景を眺め続けた。

「初デートで遊園地に行くと破局するって言うけど……」

下降していくゴンドラの中で、不意に栞が口を開いた。

確かにそういう俗説はある。

遊園地に行くと決まったとき、蒼もそれを思い浮かべた。

「でも、私たちはそんなことなかったね！　だってアトラクションの待ち時間もずっと楽しかったもん！　退屈だったり気まずかったりする時間なんてなかった‼」

「話題になんて困らないもんな」

趣味は共通していて、蒼はともかく栞の性格はひたすらに明るい。

「最初の試練を乗り越えたね！」

蒼にとって理想の恋人が、そう言って笑う。

そうして二人の初めてのお出かけデートは終わりを告げた。

◇

「お帰り、お兄ちゃん」

帰宅すると、いつも通り玄関で愛歌《まなか》に出迎えられた。

何故《なぜ》かダークルナの衣装を身につけている。

「遊園地デート、楽しかった？」

「……なんで行き先を知ってるんだよ」

愛歌はふふっと笑った。

「名探偵マナマナに解けない謎はない！　聞きたまえ、ワトソンお兄ちゃん……」

「いや、考えてみれば大した推測じゃないな。出発前に衣装の準備をしてるところを見られてるんだから、後は近場のコスプレイベントを検索すれば遊園地がヒットする――」

蒼は「アホらし、アホらし」と呟きながら、愛歌の横を通り過ぎようとする。

「説明させろや‼」

蒼の背中にドーン！と体当たりしてくる。

そのままぎゅっと抱きついてきた。

「……おい、何しがみついてんだよ」

兄妹《きょうだい》の範疇《はんちゅう》の行動しかしない――そういう約束だ。

「お兄ちゃんが一日中家を空けて寂しくなった妹として当然のムーブ」

「まぁ、そうだけど……」

もともと以前から、愛歌は蒼が日中出かけていると寂しがり、かまってちゃんの甘えん坊になるやつだった。

そういうところは、異性抜きにしてこいつのかわいいところだ。

「いいなー、もう何年も遊園地なんて行ってない」

蒼の背中にすりすりと甘えながら言う。

「おまえも彼氏作って行ったらいいだろ」

――口にだしてから、軽口にしてもひどい言葉だと後悔した。

しかも愛歌が彼氏を作るという想像は、自分で口にしたくせに心がささくれるような気持ちになった。我ながら勝手なものだ。

「ぶーっ！」と愛歌が抗議の声をあげた。

「悪かったよ」

背中に抱きつく愛歌をズルズルと引きずりながら、リビングへと向かう。

「ねえ、どんなことしたの？　どれぐらい進展した？」

「それをおまえに説明する筋合いがあるかよ」

「あるよ。……妹を不安にさせないのはお兄ちゃんの義務でしょ？」

背中越しなので、愛歌の表情はうかがえない。

確かに逆の立場なら――愛歌が俺のことを好きでいるなら――不安になるに違いない。

「別に、何も進展はしてないよ」

蒼は遊園地で乗ったアトラクションを順に話していった。

地元の遊園地なので、愛歌だって乗ったことがあるのが大半だ。

「いいなー！　私も乗り物、乗りたいなーっ！」

「そのうち連れて行ってやるから」

お互いが精神的に落ち着いたら、兄妹として……。

「やだ、今すぐがいい」

「こんな時間に何言ってんだ、おまえ」

「お兄ちゃんが乗り物になりなさい」

「はあ？」

愛歌はぴょんと蒼の背中に飛び乗った。

蒼は意図を察して、愛歌の太ももを持っておんぶの体勢になる。

……しょうがねえな。

もともと愛歌のワガママには何でも応えてやるのが癖になっている蒼だ。

「チャーチャチャチャーチャラー♪」

それっぽい音楽をくちずさみながら、上下動しつつゆっくりとリビングを回っていく。

人間メリーゴーラウンドである。

「次！　ジェットコースター！」

「うおおおおおおおおおおっ‼」

愛歌の無茶ぶりに応えて、蒼は広いとは言えないリビングを全力で走り回った。

「コーヒーカップ！」

いったん愛歌を下ろし、正面に向き直って愛歌の脇のあたりを摑《つか》んで持ち上げる。

そしてそのままグルグルと回転した。

「あはははははっ！」

愛歌の笑顔が目の前にある。

これこそ馬鹿な妹的な笑顔だが……、
この義妹を喜ばせるのが、蒼は昔から大好きだったのだ。

「フリーフォール！」

「うおおおおおっ！」

蒼は回転を止めると、今度は愛歌を上げ下げした。

もはや愛歌というダンベルを使った筋トレである。

一日中、遊園地を歩き回った後にこれは死ぬ。
「グエーッ！」と、蒼は力尽きてくずおれた。
愛歌も「わっ！」と声をあげながら、もろともに倒れ込んでくる。
尻餅をついた蒼に、愛歌がのしかかるような体勢になった。
ゼエゼエと肩で息をする蒼を見て、ワガママな妹は「にへへ」と色気なく笑い——
その表情が、不意に大人びた微笑《ほほえ》みに変わる。

「大好き、お兄ちゃん」

蒼の心臓が激しく跳ねた。
完全に愛歌の表情に見惚《みと》れたし、その言葉に心を奪われてしまった。
——そしてそれを、愛歌は見抜いてしまう。
愛歌は蒼の呼吸が落ち着くのをじっと見つめながら待って、顔をそっと近づけてくる。
そして、蒼に唇を重ねた。
受け入れてしまう。
蒼は愛歌の腰に手を回して、ぎゅっと抱き締めた。

蒼の唇がほころび、そこに愛歌の舌が入り込んでくる。舌を絡《から》めてしまう。

愛歌の体温が、匂いが、味が、蒼の中に流れ込んできた。

愛歌に侵略されていく。塗り替えられていく。

……今日の恋人とのデートは完璧なものだったはずだ。

なのに――すでに記憶が別のことに上書きされてしまいそうになっている。

そのことに蒼は恐怖を覚えた。

同時に、開き直りじみた背徳的な快感が、心の中に忍び込むように這《は》い寄ってきているのを感じた。

◇

寝る前に、蒼はリビングで『ファイアボール・オデッセイ』のアニメを観賞した。

改めてクレアというキャラクターのイメージを固めるためだ。

――当然のように、隣にパジャマに着替えた愛歌が寄り添ってきた。

「……やっぱり難しそうな衣装だね、クレア」

画面の中で躍動する女剣士を見て、愛歌がつぶやく。

丸みを帯びたフォルム、緻密な装飾が施された甲冑《かっちゅう》――蒼のコスプレキャリアにかつてない挑戦になるのは明白だった。

「おまえだってこういうキャラを演じるのは初めてだろ」

「ちゃんと好きになったキャラなら、いくらでもできるよ」

愛歌は余裕たっぷりに応じる。課題を抱えているのは蒼だけというふうに。

「お兄ちゃんってさ、どれぐらいファッションが大切になったの？」

不意に、愛歌が問いかけてきた。

何故そんなことを聞くのか不思議だったが、難しい問いであった。

オシャレに対して、別に熱中しているという感覚はない。

ファッションはあくまで道具《ツール》だと感じている。

「お兄ちゃんはモテたいわけ？」

男がファッションを磨くもっとも一般的な動機はそれだろう。

「……別に彼女ができたし、モテたいなんて気持ちはないよ。ただ……」

蒼は王子たちに絡まれて、論争をして、屈しはしなかったものの自信を失って……、栞に手を引かれて、美容室や服屋に行ったときに感じた気持ちを思い返した。

そして翌日学校に登校して、得られたと感じたもの。

「自分に自信をもって、自分を愛するために必要なものだと思っただけだよ。そうしたら、新しい世界や交流が開拓できるかもしれない」

それはきっと人生を豊かにするだろう……。親友の直也《なおや》はそう助言をしてくれた。

カーストの上の世界を知る。

常識的で、道徳的で、きっと社会で正しいとされているものの考え方だ。

愛歌は蒼の横顔をじっと見つめながら「新しい世界……」とつぶやいた。

それは彼女が本質的に求めていないものだ。

孤独すぎる幼少時代を経て、ようやく手に入れた家庭、義兄。それ以上を求めない。

……愛歌は外の世界を拒絶するために、蒼を愛しているのかもしれない。

「でもお兄ちゃんがそういうものに目線を向けて彼女とデートしてたら……その分だけ『マナマナ』に費やすものが減っちゃう。お兄ちゃんの時間やリソースは有限だから」

それはそうだろう。

……だからこの前から、愛歌はやけに念を押していたのか。

蒼は画面の中で躍動するクレアをじっと見ながら、思い返した。

できるのか、と。

この衣装をちゃんと作りきれるのか、と。


「今のお兄ちゃんにとって、私とコスプレはどれだけ大事なの？」


——テレビの光に照らされた蒼の横顔に、愛歌が問いかける。

それはここ最近、蒼が幾度となく自問していたことだ。

学校でみんなと一緒にいたときは、コスプレが必ずしも自分のすべてではないと思った。

だけど帰宅してからクレアのコスプレ制作をはじめたら、それは何よりも大切なもののように思えた。人生のすべてであるかのように、熱中した……。


「私は本気だよ。マナマナで、コスプレの頂点に立ちたい。

コスプレ好きのみんなから愛されたい。

コスプレを知らなかった人からも愛されるような『越境コスプレイヤー』になりたい」

越境コスプレイヤー……。

コスプレイヤー出身ながらもコスプレの狭い世界に留《とど》まらない活躍を広げるようなタレントたちも出てくるようになった。

それだけ少しずつコスプレは市民権を得始めているのだ。

一つを極めた最強のオタクが、すべての人から尊敬を受けることは不可能ではない。

愛歌は蒼の顔をつかんで、強引に自分の方を向かせた。

「そのために、お兄ちゃんについてきてもらわなきゃ、困る」

それは蒼にとっての一種の責任だ。

新しい世界を見に行くとしても、もともとの世界を大事にしないわけにはいかない。

愛歌を大切にしない月ヶ瀬蒼などというものは、存在してはならないのだ。

そこには絶対にゆるがせにできないものを、己のうちに感じた。

「コスプレから手を抜くわけないだろ、当たり前だろ」

愛歌は蒼の顔をじっと見つめてから……、

「だったら、いいけど」とつぶやいて、納得したかのようにリビングから出て行った。

四章　動物園デート

週末の日曜日、蒼《そう》と栞《しおり》は動物園にやってきた。

昨日は遊園地、今日は動物園という連闘スケジュールである。

外出デートをたくさんしようと約束したとはいえ、はしゃぎすぎな感は否《いな》めない。

だが栞に「費用は私がもつから、お願い！」とまで言われたら断れなかった。

行き先に動物園を選んだのは蒼だ。

動物園だったら千円ぐらいで一日中遊べるからな……。

バイトをしていない高校生である蒼の懐《ふところ》は寂しいが、毎回お金を出してもらって気を遣わないわけにもいかない……。


「星乃《ほしの》さん、お金は大丈夫なの……？」

入場券を買ってきた栞にそう問いかけると、栞は胸を張って応えた。

「これは『推し活』だよ！　スパチャみたいなものだよ！」

まったく想定外の返事がきて、蒼は「は？」と声をあげた。

「私はあおくんのお時間をありがたく買わせていただいているのです。これぞオタクの誉れでございます」

栞は両手を合わせて蒼を拝みながら言った。

「恋人同士なのに投げ銭されるのは不健全な気がするのだけど……」

「でもでもデートしたいんだもん‼」

なんだかホストに貢《みつ》ぐ女みたいである。

ホストなんて、漫画でしか知らないけれど。

「星乃さんってモデルの仕事でめっちゃ稼いでたりするの？」

「まあ、あおくん⁉　人の収入をいきなり聞くなんて、失礼ですわよ⁉」

「そういうものなの？」

「プロの世界では――」

栞は殺し屋のようなハードボイルドな声色で言った。

「迂闊《うかつ》に稼ぎを口にし合ったら――、自《おの》ずとマウントの取り合いがはじまって上下関係が生まれる――だからそこはあえて曖昧にしておくのが――プロの世渡りなんや――！」

「人はどうして些細《ささい》なことで上下関係を意識せずにいられないんだろうね……」

社会人としてのカースト……それが収入というわけか。

特にモデル同士なんて、嫉妬がすごそうだもんな。

まぁ、あまり気にしないでおこう。

こっちが作ってプレゼントしたコスプレ衣装だって、手前味噌《てまえみそ》だけれどそれなりに価値のあるものだったはずだ。

「それにしても……今日の星乃さんの服、すごいね……」

混み合った電車の中だとじっくり見れなかったが……、

蒼は栞の身格好を改めて見つめて、感嘆の声を漏らした。

すごいというか……別次元である。単なるオシャレという域を超えている。

──『パカ娘』である。

パカ娘は実在の競走馬を擬人化させたキャラクターが登場するコンテンツで、現在のオタク社会において覇権と呼ぶに相応《ふさわ》しい人気を誇っている。

その、パカ娘の人気キャラである『マグロマックイーン』がプリントされたTシャツを、堂々とコーディネートに取り入れていた。

Tシャツの上に羽織ったブルゾン、頭にかぶったキャップ、ボトムスとスニーカーはいずれもキャラクターのテーマカラーの濃紺・白・グリーンでまとめている。

洗練されたスタイリッシュなストリートスタイルに、マグロマックイーンが寿司《すし》を頬張るプリントが完璧に溶け込んでいる……パクパクですわ……。

主張強めのTシャツはどう見てもオタクアイテムなのだが、栞がモデル美少女すぎて、文句をつける隙がどこにもない雰囲気になっている。

「最近はハイブランドもアニメキャラ風のプリントを取り入れたりするからね……」

栞は照れ笑いしながら言う。

「あおくんが一緒に歩くの恥ずかしかったら、ブルゾンの前を閉じるから！」

「いや……一人のオタクとして称賛したい。お見事ですわ」

蒼は栞から入場券を受け取って、連れ立って園内へと入っていった。

入場してすぐに『アニマル占いコーナー』というスペースがあった。

液晶タブレットが台の上に置かれている。そこに名前と生年月日などのデータを打ち込むと、四柱推命やら姓名判断やら様々な占いメソッドにより結果を算出し……、それを動物に当てはめた形で教えてくれるという……。

本格的なのかふざけているのかよくわからんシロモノであった。

すぐそばに占いに当てはまる動物がどこにいるのかを示す地図や、その動物のグッズが売られているスペースが添えられている。

「星乃さんって占いとか信じる方？」

「占いが嫌いな女子なんてこの世にいませんよ！　あおくんはこういうのを信じて騙《だま》されるようなやつはアホって思ってそうだね」

「アホとまでは思ってないけど……」

本当はそれに近い感情を抱いているけど。

「甘いよあおくん。ガチの四柱推命や姓名判断っていうのは古代中国から膨大なデータを蓄積させてきた恐るべき統計学なんだよ！」

「何月に生まれた人はこういう運命をたどることが多い……みたいなデータが積み重なっても、関連性が見えなくて説得力ないと思うけど」

「まぁ、本気で信じるというより、こういう些細なことで心や気分を転がすのを楽しむのだよ、乙女は」

栞はポチポチとタブレットに入力していく。

まあ、せっかくあるのだから、この占いコーナーをスルーする理由はない。

「私の名前と誕生日を入力してー。あおくんの名前と誕生日を入力してーっと」

「ちょっと待って、なんで俺の誕生日知ってるの？」

「え？　小学生の頃の自己紹介カードに書いてたじゃん」

「え？　小学生の頃の自己紹介カードって……えっ？」

当たり前でしょ？みたいな顔をしてとんでもないことを口にしている。

「当然覚えてるぜ！　昔の私はあおくんのストーカーみたいなもんだったからね！」

入力を終えると、タブレットに占い師のおばあさんが占いをする動画が流された。

コミカルな動きをするおばあさんだったが、次第に異変が起こっていく。

巨大化して衣装が破れていき、目つきが獰猛《どうもう》に輝きだし、口に牙が生えそろって咆吼《ほうこう》をあげながらゴリラに変身して激しく胸を叩《たた》きながら『結果発表！』と表示された。

「……この演出、いる？」

琹は ツボにハマったらしく横で爆笑していた。

「えーっと結果は……私が『ガッツのある子守熊《コアラ》』。夢見がちなロマンチスト。のんびり屋の普通のコアラと違って行動力があるけど、一度転ぶとなかなか立ち直れないような繊細さをもっている……ふむふむ」

「……なんかわりと合ってるような……」

ぞわりと、不気味なものを感じてしまう。偶然に違いないけれど。

「そしてあおくんは……『闘志を秘めたサイ』だって」

草食な性格だけどやるときはやる。力強く猪突《ちょとつ》猛進だが、視野狭窄《きょうさく》。

二つのものを同時に見れない。

「……こっちは別に合ってないかな。俺はそんなにオラついてないよ」

「そう？　あおくん、コスプレのことになると猪突猛進じゃん」

二つのものを同時に見れない――蒼は不意に、思い当たるものを感じた。

今の俺は二つのものを同時に見ようとして、失敗している……。

片方を見ているときはそれに熱中して、もう片方のことは完全に頭から忘れて……。

「ねっ！　お互いの動物のグッズ買おうよ！　けっこう可愛《かわい》いよ！　ほら、これが私のコアラで、こっちがあおくんのサイ！」

栞は有無を言わせぬスピードでそれぞれ二つずつのキーホルダーをレジに運び、素早く自分のお金で会計を済ませてしまった。

そして「はい、おそろい！」と蒼にコアラとサイを手渡してきた。

手の平の上を転がして、蒼は一対のマスコットをじっと見下ろした。

園内の順路を巡っていき、動物を順番に眺めていく。

ゾウ、ライオン、パンダ、ゴリラ――初めて見るわけでもないし、写真や映像でも馴染《なじ》みのある動物たちだが……改めて生で目にすると新鮮な気持ちになる。

頭の中で記号化されて薄っぺらくなっていた情報が、立体的でイキイキとしたものに変わるかのような……。


「私、動物で一番好きなのって羊かも」

ウマのキャラクターのTシャツを着ているくせに、栞が言った。

青空の下、青々とした放牧地でまんまるモフモフの羊たちがメェ～っと鳴いているのは、まさしく牧歌的な風景である。

「毛が服になるし、お肉も美味《おい》しいし、モフモフで可愛《かわ》いし……完璧な生き物だよね！」

「服の材料になるってところが最初に来るのか……」

「ヨーロッパは日本より寒い地域が多いから、羊毛って素材を大事にしてるよね。逆に日本では外国で戦争するようになってはじめて寒冷地で戦うのに羊毛が必須と気づいて羊の量産に挑むものの失敗、木綿や麻の軍服で日露戦争に挑むという地獄になったとか……」

栞は急に早口になった。

「息を吐くように洋服のウンチクがはじまった」

「戦後は便利な化学繊維が発達して、羊毛は別に重要物資じゃなくなっちゃった。そんなわけで日本では今でもウールは輸入品。日本ほど羊さんと縁が薄い国は珍しいよ」

相づちを打つように、羊がめぇ〜っと鳴いた。

「ファッション的にはどうなの？　化学繊維って安っぽいんだろ？」

「ハイブランドも化学繊維を使うようになってきて、そういう『古くさい価値観』は淘汰《とうた》されはじめてるかも。今のヤングがウールにこだわるのは珍しい」

私は好きだけどね、と栞は付け加えた。

「俺は安っぽくないコスプレを作るために生地の勉強をはじめたからな……」

「あおくんの感覚、わりとおじさん寄りだもんね」

「王子《プリンス》みたいな格好をカッコイイと思うようになるのは難しい……」

「ああいうのは無理についていかなくていいんだよ。モードの最先端が常に一般層にまで流行《はや》るとは限らないから。流行ってから取り入れるのが一番賢いよ」

昼食はお弁当を用意して、持ってくることにしていた。

園内の空き地の草っ原に、レジャーシートを広げて二人でお弁当を広げる。

「あおくん、このお弁当、マナマナが作ったの?」

「いや、今回は俺が自分で作ったよ」

流石《さすが》に彼女とのデートに持っていく弁当を愛歌《まなか》に作ってもらうのは……、
特に蒼のいきさつだと、地獄絵図である。

まぁ、早起きして弁当作りしているところを見られて、

「ふぅ〜ん、今日もデートなんだ。連日で。ふぅ〜ん」とか絡《から》まれたりしたのだが……。

そんなわけで、わりと簡素なサンドイッチと唐揚げである。

「私はやっぱりお母さんに手伝ってもらっちゃった」

えへへ、と笑いながら開いた弁当箱の中身は、動物をモチーフにしたキャラ弁当だった。

ご飯と海苔《のり》の白黒で描いたパンダとペンギンのおにぎり、俵形の茶色いメンチカツにチーズと海苔を切り貼りして描いたサルとクマ、キリンの卵焼き、タコさんウインナー……。

微妙に水族館属性が混じっているが、見事にかわいい。

弁当それ自体のかわいさもさることながら、動物園デートにこれを作ってきて彼氏に食べさせる彼女が最高にかわいい。

「はい、あーん!」当然のように、栞があーんをしてくる。

栞はあーんをさせあうのが大好きだ。

好きというだけでなく……スキンシップの練習も兼ねているのだろう。

蒼もそう捉えるようになってから、このやりとりを大切にするようになった。

「あおくん……最強の動物って何だと思う？」

昼食後、再び順路を巡り始める。

だいぶ話題がバカっぽくなってきた。

「ヒクイドリ……かな」

蒼がそう答えると、栞は「なにッ⁉」と大袈裟《おおげさ》に反応してくれた。

ヒクイドリ――ダチョウに次ぐ二番目の大きさを誇る鳥類である。

その特徴は強靱《きょうじん》な脚と鋭利な爪で、そこから繰り出される蹴りは必殺の威力を誇る――。

ちょくちょく蹴りの一発で人間を即死させる事故を起こしており、もっとも危険な鳥としてギネスに認定されている猛者《もさ》だ。

精悍《せいかん》な目に青い顔、立派なトサカに名前の由来となった真っ赤な肉垂《にくだれ》は、ひと目見たら心を奪われずにいられないイケメンバードと言えるだろう……。

「なんというマニア好みのチョイス……。しかしヒクイドリでゾウやカバを倒しきれますかな？」

　栞の反論ももっともである。

　いかに大型鳥類とはいえ体長２メートル弱、体重80キロというサイズは、ゾウやカバといった名だたる猛獣と比べると小兵という印象は拭えまい。

「それでもヒクイドリには飛ぶことを代償にして得たフットワークと居合いのごとく鋭い蹴りがある。ヒクイドリが操作可能《プレイアブル》キャラなら、俺はどんな大型ボスでも徹底的なヒットアンドアウェイで一撃ももらわず削りきるつもりだ……」

「いつの間にか推しキャラで勝つみたいな話になってる……。なんという思い入れ……」

「星乃さんは？　誰で俺のヒクイドリに挑むんだ？」

「私は……ラーテルを選ぶね」

　蒼は思わず「なにッ⁉」と声をあげた。

　ラーテル――ヒクイドリよりさらに小さい、体長は１メートル足らず、体重は15キロほどのイタチである。

　しかし恐るべき獰猛な性格をしており、ライオンにも平気で攻撃を仕掛ける、もっとも怖い物知らずな動物としてギネスに認定されている異才だ。

　その特徴は攻撃能力よりも防御能力にある。身体《からだ》の前面は真っ黒だが、背中側は真っ白というツートーンの外見をしており、この真っ白い部分の皮膚は分厚くたるんだゴムのような強靭な性質をもっているのだ。

それゆえライオンが素早いラーテルを捕まえることに成功したとしても、ラーテルの背中には牙も爪も通らず、かえって噛《か》みつきの反撃を食《く》らうという……。

ライオンが負けるのだ、この1メートルにも満たないイタチに。

しかも危機が迫るとスカンクと同じく肛門《こうもん》から臭い液体を噴射するという緊急脱出スキルも備えている。おまけに毒への耐性も高い。

攻撃力こそ見劣りするが、長期戦における継戦能力は自然界トップクラスであろう。

「だが腹に一撃を食らえばひとたまりもないのが、ラーテルの弱点だ」

「当てられるかな……？　ヒクイドリの大振りの蹴りで？」

栞が嘲るように嗤《わら》う。蒼はぴくっと表情を引き攣《つ》らせた。

「舐《な》めるなよ……ヒクイドリを！」

二人はにらみ合い、バチバチと火花を散らす。

ヒクイドリとラーテル、もし戦わば——。

「ゾウやクマの方が強いに決まってんじゃん」

……蒼と栞の側《そば》を通り過ぎていくカップルの男が、聞こえよがしに言った。

「よしなよ、たっくん！　ぷっ……くく……」

彼女の方がそう言い、二人でクスクス笑っていった。

蒼と栞は顔を赤くして俯《うつむ》いた……。

◇

夕刻が迫り始めた頃合いに、二人はすべての動物を巡り終えた。

そして最後の締めとして『動物ふれあい広場』にやってきた。

ここではウサギや羊やポニーといった、大人しくてかわいらしい動物たちに餌を与えたり、触れ合ったりすることができるのである。

栞は突然おかしくなった。

「うっひょおおおおおおおおっ！　モフモフだよぉおおおおおおおっ‼」

叫びながら、羊の群れに飛び込んでいく。

「どんだけ好きなの……」と蒼は苦笑いしながらついてくる。

「メリノウール！　メリノウール‼」

栞はわけのわからないことを叫びながら、羊に抱きついたり、顔を埋《うず》めたりした。

「その子たちはメリノ種じゃないです……」と、係員のお姉さんが苦笑いした。

そうでしょうね……。

人懐《ひとなつ》っこい羊たちは、叫び声をあげる変な美少女にも逃げたりはせず、むしろメーメーと鳴きながら集まってくる。

栞はたちまちモフモフに埋もれた。

「あおくん、ハーレムだよ！　ハーレム‼」

栞は幸せの絶頂という顔だ。

しかし男の蒼から見ても、羊たちは可愛《かわい》い。

大人の羊はどこかおっさんじみた間抜けな愛嬌《あいきょう》があり、無垢《むく》な顔つきの純白の子羊ときたら、まるで天上の生き物のようだ。

蒼も撫《な》で撫でしたり、思い切って抱きついたりしてみると、羊たちは全然嫌がらずモフモフな包容力で受け止めてくれるのだった。

「ウサギなら抱っこもできますよ」

ある程度羊を楽しんだタイミングで係員が言う。

「うわぁ〜、ウサギさんもモフモフだぁ」

栞はまんまるなアンゴラウサギを膝に乗っけて歓喜の声をあげた。

……美少女とウサギって、絵になるな。蒼はそう思ってスマホを取り出し、写真を撮り始める。栞は「いぇーい」と笑顔でピースサインを向けてくれた。

「……ラビットファーもいいよね」栞がぽつりと言う。

「……実物とふれあいながら毛皮を欲しがるのは、若干サイコじゃないかな……」

「えへへ、冗談冗談」

「生地の店で見たけど、人工の毛皮も今はすごくリアルだよね」

「あれは手触りでわかることが多いよ。毛皮って触ったときの感触も大事だと思う。まぁ、人工で作れるならそれに越したことはないけどね」

――蒼は次第に、動物よりも、動物と戯《たわむ》れる栞の方に意識が向き始めていった。

かわいい。まさに理想の恋人である。

……だけど俺は、彼女とろくに触れ合うことができない。

羊やウサギとはあんなふうに触れ合っているというのに。

「あおくん？　もう飽きちゃった？」

「いや、かわいいなーって思ってぼーっとしてた」

蒼は栞のそばにしゃがみ込んで、一緒にウサギを撫でた。

そのときポケットの中でスマホが振動した。

そっと取り出して、画面を見る。

愛歌からの着信だった。

なんだ？

……蒼は訝《いぶか》しく思いつつも、電話には出ずにスマホをポケットに戻した。

義妹のことなんて、今まさにデートしている恋人よりも優先することではあるまい。

「どうしたの？」

「なんでもない。ちょっと通知が入ってて」

スマホが振動し続けているが、無視をする。

「そう？　……ねえねえ、でっかい蛇にも触れるんだって！」

「えっ、蛇⁉」

驚きの声をあげると、蒼の頭の中で愛歌のことはたちまち薄れていった。

「あはは、グルぐるーっ！」

栞は身体に大蛇を巻き付かせながら、無邪気に笑った。

マジモンの大蛇である。

２メートルほどはあろうかという非現実的なサイズで、物語の中のモンスターみたいなやつだった。極彩色の黄色い鱗《うろこ》が毒々しいほどに鮮やかである。

「こ、怖くないの……星乃さん……」

蒼は完全に及び腰である。

「え？　だって毒はないって言ってたよ」

栞はきょとんとした顔で答える。

……俺と触れるのはダメなのに、こんな蛇には平気で触れるのか。

そんな考えが、半ば自嘲のごとく蒼の頭の中をよぎった。

◇

閉園時間が迫り、蒼たちは動物園を出て帰途につくことにした。

「ごめん、ちょっと待ってて！　お花摘みたい‼」

その際に栞がトイレに行きたがり、蒼はそれを待つことになった。

一人でぼーっとしていると、先程の愛歌からの通知のことが頭に浮かび上がった。

今、この待ち時間にささっと電話を済ませられるだろうか。

流石《さすが》に心許《こころもと》ないか。中途半端《ちゅうとはんぱ》なことになりそうだ。

しかし、いったい何の用件だったのだろう。愛歌は蒼がデートだと知っている。

それなのに、邪魔するかのように電話をかけてくるなんて。

もしかして何かあったのだろうか。

事故とか、怪我《けが》とか、何かそういう……。

もしも愛歌の身に何かあったのに、それを無視してしまっていたとしたら……。

蒼は衝動的にスマホをポケットから取り出した。そこには虚《むな》しく着信履歴だけが通知として残っている。

だが電話をかけ直そうとしたところで――、

「お待たせーっ」と、栞がトイレから出てきた。

しかし電話をしなければという衝動は収まりがつかなかった。

「ごめん、星乃さん！　ちょっと電話してくる‼」

「え、あ、うん」

目をぱちくりさせる栞を尻目に、蒼は小走りに栞から少し距離をとって、愛歌へと電話をかけた。

「お兄ちゃん……！」

どこか切羽詰まったような愛歌の声が耳に飛び込んでくる。

「何かあったのか⁉」

「『マルカワ』からオファーが来たの！　コスプレの‼」

「……はぁ？」

蒼は気が抜けた声を漏らした。

「マルカワだよ、あのマルカワ書房！　オタク向けのコンテンツに強い大手出版‼」

愛歌はまくし立てるように言う。

「正確には〈ティアラ・プロダクション〉っていう芸能事務所からのオファーなんだけど。調べたら中堅ぐらいの規模かな？　で、マルカワの『コミックアリア』でコスプレグラビアを連続掲載する企画があって、それに専属して欲しいって‼」

――怒濤《どとう》の情報量が、蒼の頭に雪崩《なだ》れ込んでくる。

愛歌の声も興奮にうわずっていて、微妙に聞き取りづらい。

ええと……。

要するに、ともかく吉報なのはわかった。

それに今すぐどうこうではなく、後でゆっくり考えればいい話だということも。

「なんだ、そんなことか」

「そんなことって……」

愛歌が愕然《がくぜん》とした声を返す。

その声のトーンで、蒼は自分が漏らした言葉が愛歌にどう聞こえたのか自覚した。

「おまえの身に何かあったんじゃないかと思ってたんだよ！　事故とか！　こっちが忙しいってわかってるのに電話してくるから、どうしたのかと……」

「ふぅん……」

愛歌の声が、グッと冷たくなる。

それから早口で言った。

「そうだよね、お兄ちゃんは彼女とのデートで忙しいもんね。妹なんて……彼女が大事だからどうでもいいもんね」

「そんなことあるわけないだろ！」

思いのほかに強い声が出た——口にした自分自身が驚くほどだった。

そういう、衝動が口から直接でたような言葉だった。

「……！」

愛歌が息をのんで黙った。

蒼は深く息をついて、もう一度いった。

「そんなふうに思ってるわけないだろ……」

「……まぁ、私のことを心配してたんだったら、いいけど」

愛歌の声に柔らかさが戻った。

本気で不安がっていたけれど、率直な言葉で少なからず安堵《あんど》を取り戻したことがわかる。

……愛歌に不安や孤独感を与えるわけにはいかない。

「ちゃんとこっちのことも考えてよね！」

強い声でそう言うと、愛歌からの通話は切れた。

……ふぅ、と息をつく。

それからようやく、愛歌にすごいオファーがきたという話だったのだと、頭が理解しはじめる。

やったな、とか良かったな、とか、そういう言葉をかけてやれなかったことを悔やんだ。

もちろん蒼の作った衣装が認められたということでもある。

「……マナマナから？」

蒼が戻るよりも先に、栞が歩み寄ってきた。

栞の顔と向き合った途端に、別の世界から元の世界に戻ってきたかのように感じた。

彼女とのデート中に、一時的に別の人間で頭を一杯にさせたことへの罪悪感が湧く。

「なんかケンカしてた……？」

「いや……いろいろあって。でも、何でもないよ。さあ、帰ろう」

栞は深くは追求せずに頷《うなず》いて、蒼の手を取った。

二人で手を繋《つな》いで帰途についた。先程までスマホを握っていた方の手だった。

◇

「おかえり、お兄ちゃん」

いつも通り愛歌が玄関で出迎えてくる。

しかし声のトーンは明るくなく、拗《す》ねたようなトーンだった。

私、まだあの電話のこと怒ってます、と言わんばかりだ。

……なんだその格好、と思ったが、もはや言うまい。

愛歌はネコミミビキニの衣装を身につけていた。以前に蒼が作ったものだ。

「ただいま」

蒼は愛歌の頭をポンと叩《たた》いて、横を通り過ぎてリビングに向かう。

「動物園、どうだった？」と、愛歌が後ろをついてくる。

「デートするたびにおまえに報告しなきゃいけないのかよ」

「だって……」

愛歌が蒼のシャツの裾をつかんで、膨《ふく》れ面《つら》になる。

蒼はため息をつきながらリュックをそこいらに放って、ポケットのスマホをテーブルの上に置き、ソファーに腰を下ろした。愛歌もその隣にひっついてくる。

蒼はその日のダイジェストを語り聞かせた。

愛歌は膨れ面のまま、逐一ツッコミを挟んだ。


「デートでアニメTシャツとか、お兄ちゃんに恥をかかせるつもりなの？」

「占いなんかで心が動く女は宗教にハマる」

「羊かわいい〜って言ってる自分がかわいいって思ってるよ、絶対」

「キャラ弁なんてお腹《なか》に入ったら同じだし」

「ラーテルよりクズリの方が強いから。モグラ並みに見る目ない」


「鬼姑《しゅうとめ》か、おまえは」

最後にふれあい広場の話をすると、愛歌は、

「にゃーっ！」と突然鳴き声をあげて、蒼に抱きついてきた。

「なんだよ」

「羊とかウサギにしたみたいに、私もかわいがって」

「なんでそんなことを……」

「だって今日一日妹を寂しがらせたじゃん。甘やかしてよ」

仕方なく蒼は愛歌の頭を撫《な》でてやった。愛歌がしがみつく力をぎゅっと強める。

——何だかんだ言いつつも、これはこれで心地《い》が良い。

かわいい動物を撫でるのとも、恐らく恋人にするのとも違う感覚。

今の自分は、愛歌を妹として接せられているはずだ。

しかし……、
しばらくすると愛歌はパッと上体を起こし、蒼から離れた。

それから両腕を広げて見せる。

「何だよ？」

「今のはウサギを撫でる感じだったから、今度は羊を抱き締めたりモフモフしたりする感じで」

こ、こいつ……。

抱きついて来られるのを受け入れるのとこちらから抱きつくのとでは、話が違ってくる。

それは『愛歌を甘やかしている』とは言えなくなる能動性が生じるのではないか……。

「はーやーくーっ！　お兄ちゃんは今日私を寂しがらせたでしょーっ！」

「わ、わかった！」

何がわかったのか意味不明だったが、蒼は羊にそうしたように愛歌に抱きついた。

「ほら、モフモフもするの。羊にしたみたいに」

腰が引けたような抱きつき方をする蒼の頭を、愛歌が自分の胸に抱え込む。

蒼の顔面が、愛歌の胸の谷間に埋もれた。

ロリ巨乳とまでは言わないが、小柄なわりによく出ている胸である。

愛歌の柔らかさと匂いに包み込まれる。

思わず愛歌に抱きつく手に力がこもった。折れそうなほど細い腰。

全身あらゆる五感で愛歌を感じ取る。

血の繋がっていない妹で、初恋の相手だった女の子。

今日も、恋人の栞とは手を握ることしかできなかったのに――。

「好きなだけ触って良いよ、愛歌も寂しかったんだから……」

細い腰を抱いていた蒼の両手が、それに飽き足らず動いていく。片手は愛歌の背筋を這《は》い、もう片手は躊躇《ためら》いがちに丸みを帯びたお尻へと回っていく。

「好きなとこ、触って良いよ……」と、愛歌がもう一度囁《ささや》く。

蒼の理性が急転直下でガラガラと崩れていった。

まだデートを終えて、帰宅してからものの十数分しか経《た》っていないのに。

……胸も、お尻もめっちゃ柔らかくて、背中もすべすべで……。

「お兄ちゃん興奮しちゃってる。悪いお兄ちゃんなんだー」

身体《からだ》を押しつけ合うようにして、愛歌も蒼の肉体を感じ取っている。

それでもなお、すべてを受け入れて包み込んでくる。

どうにかなってしまいそうだった。

このまま──、

ブブブブブブブブブブっ！と耳障《みみざわ》りな音を立てて、テーブルの上のスマホが振動した。

蒼はハッと我に返った。

誰からのどんな連絡かを反射的に想像し、夢魔の世界から現実に目覚めたかのようだった。

蒼は愛歌から身を離し、スマホに手を伸ばす。

愛歌はむーっと不満げな顔をした。

栞からのメッセージだった。
『今日、楽しかったね！　来週もどこか行こうね！　おやすみなさい‼』
取るに足らない内容だった。しかし自分の恋人を思い出すのには十分だった。
……愛歌を前にしていると、栞のことが頭の中から薄れていってしまう。
二つのものを同時に見られない──これでは本当に占い通りだ。
「……話は終わりだ、晩飯にしよう」
蒼がそう言って立ち上がると、先程までまるで淫魔のようだった愛歌は、子供っぽく
「ぶーっ！」と声をあげた。

半額に値下げされていたという刺身、魚のアラを使った炊き込みご飯、やはり半額になっていたという惣菜《そうざい》の天ぷら、それから自家製の漬け物と味噌汁《みそしる》……。

テーブルに並んでいたのは、どれも値段的にはどうってことないが、どことなくご馳走《ちそう》感の漂う料理の数々だった。

「芸能事務所、ティアラ・プロか……」

食べながら、蒼は愛歌がオファーを受けたという事務所を調べてみた。

大手というほどではないが、零細というほどでもない。中堅ぐらいの事務所だ。

特徴的なのは――俳優部門、モデル部門、タレント部門、そしてコスプレイヤー部門がわざわざ個別にあることだ。

それでいてコスプレイヤー専業というわけでもないから、人気の出たコスプレイヤーを別ジャンルのメディアへ『越境』させることもできる。

「この前、ダイエット雑誌を立ち読みしてたら『えっこ』ちゃんのグラビアとインタビューが載ってたよ。コスプレイヤー流体形維持術、とかって内容で」

えっこ――一般層への知名度も高い人気トップレベルのコスプレイヤーだ。

そういうレベルになればコスプレと関係ないメディア、ときにはテレビにだって出演できる。

「そういう夢が広がるよな。しかもすでに仕事を取り付けた上でのオファーだって?」

コミックアリアのコスプレグラビア連載……。

漫画雑誌の掲載作品のコスプレをするという仕事なのだから、求められているのは当然お色気コスプレではなく、原作再現を追及する王道コスプレだ。

願ってもないオファーである。

「話が美味すぎて怖いぐらいだな……」

「別にマナマナの人気から言ったらこれぐらいのオファーはあって当然でしょ。……色っぽいオファーを避けずに踏み台にしてたら、とっくにメジャーになれてたよ」

──えっこだってちょっと前までは際《きわ》どいコスプレで知名度を稼いでいたのだ。エロで人気稼ぎ。コスプレイヤーなら当たり前の常套《じょうとう》手段。

マナマナはマニアウケは良いものの、やっているコスプレが硬派で潔癖すぎた。

愛歌は食器を置いて、蒼の腕にぎゅっと抱きついた。

そして挑発的な上目遣いで言う──。

「……お兄ちゃんは私のエッチな姿を他の誰にも見せたくなかったんだもんね？」

「そんなつもりじゃ……」

──なかったと言い切れるだろうか。

ネコミミビキニの格好のままの愛歌を改めて見つめる。愛歌のこんな姿を自分以外の人間が見ることに、怒りや抵抗を覚えずにいられるだろうか。

絶対に無理だ。

それは兄としての感情だと自信をもって言えるのか？

「ずっと私のことを独占して束縛してたくせに…………恋人を作るなんて、ずるいよ」

言葉がぐさりと心臓に刺さった気がした。

もしかすると……それは正当な糾弾かもしれない。

「勘弁してくれよ……」

「何が勘弁なのさ。彼女と妹に挟まれて幸せもののくせに」

「この炊き込みご飯美味《うま》いな」

蒼は話題を変えて誤魔化した。

スーパーで百円程度で安売りされている鮮魚のアラを軽く焼いて臭みをとってから、ご飯と一緒に炊き込んだものである。

焼いたアラからは最高の出汁《だし》が出るのだ。

炊き上がったらアラだけ取り出し、食べられる身の部分だけをほぐしご飯に戻し、混ぜる。手作業でほぐすのが手間だが、アラの身は普通の切り身よりも脂が乗っていてゼラチン質の旨味《うまみ》を多く含み、美味《おい》しい。

さらに、炊き込む際にオリーブオイルを加えるのが愛歌のヒミツのテクニックだ。

ご飯がオイルでコーティングされ、米の一粒一粒がしゃっきりするのである。

まったくの激安なのに高級和食さながらの味である。

「美味しいでしょ。私がこの手で丁寧にアラをほじくったんだから……実質、私の指をしゃぶってるようなもんだよ。味の決め手は、妹の手の味」

「……食欲が失《う》せるようなこと言うなよ」

「なんだよー！　ご褒美《ほうび》でしょー！」

——ともあれ。

「正式に契約とかそういう話は、親父《おやじ》が帰ってきてからだな」

愛歌を溺愛し、コスプレイヤーとしての活動も応援してくれている父だ。どうせダメとは言わないだろう、後で連絡をいれるとしよう。

「でも顔合わせとかは進めておいてもいいでしょ」

もうオファーを受けるのは決定済みとばかりに愛歌が言う。

……やはり嬉《うれ》しいのだろう。

嬉しいに決まっている。

「よかったな」

蒼は今さら愛歌にそう言った。

「彼女とのデートと比べたら『なんだ、そんなことか』……なんでしょ？」

「悪かったよ……」

「ふふん、悪かったと思うなら、クレアの衣装作り頑張ってよね。恥ずかしいものなんて出せなくなったんだから！」

むふーっと鼻息荒く、ワガママな妹は兄にそう命じた。

◇

夜、蒼はひとり自室でクレアの衣装作りを進めてゆく。

一番最初の作業——愛花の体形を再現したトルソー原型に、画用紙で作った甲冑《かっちゅう》のサンプルを押し当てる。

そして隙間なくフィットするか、パーツを組み合わせたときにイメージ通りになるか、確認する。

ダメだ。

十数体目のサンプルを、蒼はぐしゃりと手で握り潰した。

このサンプルを元に、型紙を作って行くのだが……。

解いて縫い直せる布よりも、造形物は後から調整をくわえるのが難しい。

だから今回の型紙は、いつも以上の精度が求められる……。

完璧な型紙を作るためには、一番最初の作業からまったく気が抜けない。

そういうわけで、蒼はいまだに最初の一歩を踏み出せずにいた。

もどかしいとは思わない。集中する。

集中――衣装を作っているときは二つのものを同時に見れないサイであっても構わない。

栞のことも、愛歌のことも、何もかも忘れて構わない……。


しばらく作業を続けて、区切りの良《い》いタイミングで蒼は疲労を感じた。

ベッドに横たわった。

すると、途端に栞と愛歌のことが頭に浮かび上がった。

このままでいいはずがない……。

衣装作りをやめた途端にそんな思いが湧き上がる。

愛歌には流されず、毅然《きぜん》として兄でい続ける。そう決意したはずなのに……。

実際には理性が屈してばかりいる。

そのくせ栞と一緒のときは、愛歌のことなんて忘れて恋人同士を楽しんでいる。

これでは二股野郎と罵られても仕方がないかもしれない。そんなつもりはないのに。

いや……もしかして今の自分は二股野郎以外の何者でもないのか？

──義妹は浮気《うわき》に含まれないよ、お兄ちゃん。

そんなわけがなかった。少なくとも、甘えてくる妹に兄が劣情を抱いてしまったら、妹がそれに応じてしまったら、それは浮気だ。

自分の劣情が恥ずかしく、それを愛歌に見抜かれてしまうのが悔しい。

俺は欲求不満なんだろうか……。そんな考えが浮かぶ。

こんな考え方は責任転嫁《てんか》するみたいで最悪だけれど……、彼女と手を繋ぐことしかできていないから、こんなにも愛歌に心を動かされてしまうのではないか。

自分がもっと経験豊富だったら、愛歌に誘惑されても『火遊びはいけないよ、お嬢ちゃん……』と余裕たっぷりに紳士的な対応ができるのかもしれない。

それが今の混沌《こんとん》とした状況から抜け出すための唯一の希望かもしれない。

そのためには……星乃さんとの関係をもっと進展させねばならない。

しかし……。

「男性恐怖症、か……」

当事者ではない蒼には想像することしかできない世界。

それもまた蒼と愛歌の関係と同じぐらい……いやそれ以上にどうしようもないことだっ

た。焦《あせ》れば焦るほど、彼女を傷つけてしまうかもしれない。
だからこうしているしかない……。
つい先程、このままでいいはずがないと考えたはずなのに、今度はそんな結論になる。
そんな思考の堂々巡りを、一人でいるときは延々と繰り返してしまう。

おかしな話だ。
最高の彼女ができて、かわいい義妹から好かれていて、
みんなからチヤホヤされるような陽キャカーストの仲間入りをして、
コスプレ活動の成果が認められて義妹に商業デビューへのオファーが来て……、
幸福感の絶頂にあるはずなのに、
どうしてこんなに悩んでもいるのだろう……。

五章　埼玉県民、海へ行く

湘南《しょうなん》――それは埼玉県民にとって、絶対的な憧れの地である。

埼玉には海がないからだ。海無し県民の埼玉県民は、夏になるとどこからともなく聴こえてくる古めかしいサザンオールスターズのメロディを耳にして、湘南への憧れを募《つの》らせるのである。

ただし海なら何でもいいわけではない。

千葉のビーチには別に憧れない。房総半島や九十九里浜ではダメだ。

なぜなら関東のナンバー3は埼玉で、千葉はナンバー4だからだ（諸説あります）。

たとえ海があろうと、格下は格下である……（諸説あります）

千葉は埼玉県民の憧れの地にはなり得ない……（個人の意見です）。

その点、関東の不動のナンバー2である神奈川県が上位者であることに疑いの余地はない。横浜、鎌倉、湘南……こういったオシャレスポットへのお出かけは、埼玉のベッドタウンで生まれ育ったカップルにとって理想のデートと言えるだろう。

──蒼《そう》の恋人、星乃《ほしの》栞《しおり》はそう語った。

なので二人は、そこにやってきた。

動物園へとデートした翌週のお出かけデートだ。

「海！　海だよあおくん！　テンションぶち上がるね⁉」

駅を出て少し歩くと、すぐに潮風と海が二人を出迎えた。

「海のそばって本当に潮の匂いがするんだな……」

蒼はつぶやく。埼玉とは匂いすら違うのである。

そして埼玉には滅多にないようなオシャレなパンケーキ屋に入った。

店内は眩《まばゆ》いオーシャンビューである。

「ここのパンケーキは海外で『世界一美味しい朝食』って言われてるお店なんだって」

「そういう店が出店しに来る……さすが湘南だな」

埼玉から電車に揺られてはるばるやってきたので、朝食としては少し遅めの時間ではあったが、蒼と栞は名物となっているリコッタチーズ入りのパンケーキやスクランブルエッグとトーストのセットをシェアしあう形で注文した。

高校生カップルにはかなり背伸びしたような店で、蒼はそわそわとしたが、栞は堂々としたものだった。

モデル仲間や事務所との付き合いで、こういう店にも慣れているのかもしれない。

もともと物怖《ものお》じしない性格というだけかもしれないが。

やがて注文の品々がやってきた。

「おおっ……こういうのが真のオシャレってね」

テーブルに並べられた品々は、巷《ちまた》に溢《あふ》れるインスタ映えを狙って奇をてらったようなところはなく、上質を追い求めて世界に認められたという誇りと余裕を感じるビジュアルである。

栞は早速スマホのカメラを向けた。

しかし彼女は少し考えてからカメラを引かせて対面に座る蒼も写るような構図で写真を撮った。

「それじゃあSNSにアップできないよ。というかしないでね」

「しないしない！　デートなんだから、SNSにあげるよりあおくんと一緒に食べた思い出を残すことの方が大事だなってふと思って」

「そういえばデートでそういう写真ってあまり撮ってなかったかも」

「そう！　目の前のことを楽しむのに夢中で、後に残すという当然の発想がなかった！

まだまだカップルとして未熟だね……」

「俺は動物ふれあい広場でウサギと戯《たわむ》れる星乃さんを撮ってたよ。ほら」

蒼は写真を表示させたスマホを彼女に差し出す。

「ぎょえっ！　なんか恥ずかしい⁉」

「羊にモフモフとかして荒ぶってたから髪形がぐちゃぐちゃになってる」

「やめて〜っ！」と栞は悲鳴をあげた。

そうして二人は笑い合いながら、目の前の食事に手をつけた。


——理想の恋人、憧れの湘南の海、世界一のパンケーキ……。

今回のデートは栞からのリクエストだ。

ちょっと背伸びをして、今の自分たちにでき得る究極のデートがしたい……そんな要望であった。

パンケーキはフワッフワのスフレタイプ、スクランブルエッグはクリームのように滑らかで、添えられたライ麦トーストはカリッカリ。

朝食らしい軽やかさとリズムのある食感が心地よい。

「湘南や鎌倉はパンケーキの美味《おい》しい店が一杯あるパンケーキの聖地なんだって。ここの他にも食べ歩きしよっか」

「モデルとして大丈夫なのそれは」

愛歌《まなか》の節制を普段から見守っている蒼は、思わずツッコんでしまう。

「大丈夫だよ。これは朝食で、お昼とおやつに食べるぐらいならたまの贅沢《ぜいたく》としてアリ」

「お昼は海鮮丼がいいなぁ」

「あっ、確かに！　埼玉県民が海辺に来たら魚を食べなければ……！」

店を出て、潮風を浴びながら海岸沿いを歩く。

午前中の光に白く煌《きら》めく海……。

どこまでも広がる海岸線は、普段の生活では絶対に目にすることのない非日常だ。

日々のストレスに押しつぶされていた心が、どこまでも伸びやかに広がってゆくような気になる。

ストレス——こうして楽しい瞬間は、あらゆる悩みを忘れることができる。

「沖縄とか湘南とか鎌倉とか……オシャレなイメージのスポットには、ああいうオシャレなお店がオープンしてさらにオシャレになっていくわけだね」

——昔は海が綺麗《きれい》ではないと言われていた湘南だが、今は地域全体に湘南の海を大事にしようという意識が高まり、すっかり綺麗になったのだという。

地元を愛する人々がその土地の魅力を大事にし、そこに外から観光客やお店が集まってさらなる魅力を高める——そういう正のサイクルが機能している土地といえよう。

「埼玉に住んでるとか埼玉で遊んでるって言うと、モデル仲間がバカにしてくるんよ」

湘南デートを提案した栞が唇を尖《とが》らせる。

「埼玉県も『ダサイタマ』とか自虐ネタばかりするのではなく、もっと独自の魅力を発信するべきかもしれないな……秩父《ちちぶ》とか」

「秩父ってメンマちゃん？」

「いやメンマちゃんとかだけじゃなくて……」

蒼の父親は、家族旅行ではあまり遠出せず近場で安く済ませる方だった。

それに不満を感じたことがないのは、ちゃんと楽しめるところに連れて行ってくれていたからだろう。

秩父にも、愛歌とともに連れて行ってもらったことがある。

「秩父は自然が多いし、長瀞《ながとろ》のライン下りとか、最高だったよ」

『岩畳』だとか『秩父赤壁《ちちぶせきへき》』と称される世界最大級の岩石プレートで出来た荒々しい大地。

その合間の渓流を荒々しい水飛沫《みずしぶき》を上げながら川下りしていく……。

関東在住ならぜひ体験する価値のあるアクティヴィティであると蒼は熱弁した
「なにそれ超楽しそう！」と、琹は素直に食いついた。

「一緒に行きたい！　連れてってよ！」

「行くなら夏がいいかな……かき氷も有名だし」

「かき氷！　ウヒョ――！　最高じゃん！」

ウヒョーとか言い出すモデル系美少女。

……未来には楽しいことしか待ち受けていないかのように、蒼と一緒にいる時はいつも笑っている。

自分は同じように笑えているだろうか、と蒼は思った。

自分はいつも未来に不安を感じている。

前までは自分に自信を持てていないからだと思っていたけれど……。

海沿いを歩く二人は『江ノ島弁天橋』を渡って、江ノ島に上陸した。

真っ先に目に入るのは、土産物屋が連なる仲見世通りである。

荷物になるので買い物はしないが、見ているだけでもテンションが上がる。

「土産屋さんに木刀が売ってると安心するよね」と、栞が言う。

「大事にしたい日本の伝統文化だね」

変な剣のキーホルダーとか、クソくだらない一発ギャグが書かれたTシャツとか。

「……ああいうTシャツをオシャレに着こなすって可能なの？」

ふむ、と栞は真面目な顔のモデル美少女になった。

「どうしてもギャグのインパクトが強すぎて難しいね。動物園で着てきたようなアニメTよりきつい。第一印象が服の着こなしでも質の良さでもなく、ギャグに持ってかれるから
……」

「どうあがいても『ふざけた格好の人』以外の何者にもなれないということか」

「あとはああいうTシャツは生地が悪いことが多いから、首回りが伸びてよれてたりすると目立っちゃうね」

顔の周りには視線が集まる……。

「ハイブランドの高級品を一点取り入れてもオシャレになんてならないけど、オシャレな格好に一点クソダサいのを入れると、すべてが終わる……。粗探ししてるつもりじゃなくてもファッションにはどうしても減点方式なところがあるよ」

良《い》いところよりも悪いところが目立ってしまう。

そういう性質が、蒼に『オシャレな人たちはマウントの取り合いをしてばかり』という印象を与えていたのかもしれない。

不意に香ばしい香りが鼻先をくすぐった。

店先で、たこせんべいの実演販売が行われていた。

「あおくんすごいよ！　タコをまるごと潰してせんべいにしてる‼」

栞が蒼の手をぶんぶん振りながら声をあげた。

湘南《しょうなん》名物たこせんべい——知識として知っていたが、実際に見るとかなりの迫力だ。

生地となる粉を纏《まと》わせたタコを鉄板の上に並べて、上からさらに鉄板でプレスする。

強力な圧を受けながら高温で焼かれて、水分が破裂するような大きな音が響き渡る。

そして漂う香ばしい磯《いそ》の香り。

数分の後にプレスを開くと、潰れたタコと生地が混じり合いながら大きく広がり、パリパリのせんべいになっているのである。

うっすら原形が判別できるタコの姿は、まるで岩に埋もれた化石のようだ。

「これは食べてくっきゃない！」

栞が店先に飛びついた。

そして実演しているお姉さんに「すごいですねー」なんて声をかける。

これがお兄さんだったら、こんなふうに声をかけたりはしなかっただろう。

「タコ以外にもせんべいにできますよ。何かお好きなものはありますか？」

「私、イクラ好き！　イクラでもできますか？」

「それは無茶振りなんじゃないの？」と蒼は思わず苦笑したが、

「材料があればできますよ」とお姉さんはさらりと言った。

できるのか……。プレスせんべい機、万能だな……。

栞が一枚買って、二つに割った一片を蒼に差し出す。

歩きながら、焼きたてのほんのり温かいせんべいを口にした。

「もっと素材感があるというかグニュって食感なのかと思ったら、パリパリなんだねえ」

「押しつぶしながら水分を思いっきり飛ばしてたもんね。食感がちゃんとせんべいだ」

「イクラせんべいだったらどんな味だったんだろ……」

真っ赤な鳥居を抜けると、江ノ島のシンボルである江島神社が姿を現した。

「事前に調べてきたんだ！　ここって縁結びの聖地なんだよ‼」

栞がはしゃぎ声で言う。しかし……、

「いいや、ここは弁財天女の神社だから、音楽の聖地のはずだ」

予期せぬ反論を受けて、栞は「なにっ」と声をあげた。

蒼も事前に調べていたのである。

「江島神社には三つの宮にそれぞれ三天女が祀《まつ》られてるけれど、天女が三人もいるからって女子力アップとか恋愛とかのパワースポットあつかいして本来のご利益《りやく》をないがしろにするのはいかがなものかな……。バカップルを釣るために何でもかんでも縁結びと結びつけるのは、伝統文化を破壊する行為だと思う」

「当の自分もカップルとして来たのに、彼女の前でそんなマジレスを語り出すオタク特有の拗《ねじ》くれた理屈っぽさ……流石《さすが》あおくん！　そんなところもしゅき……」

蒼の熱弁に栞がうっとりする。

なんでもいいんじゃないかという感じがして、これではバカップルと言われても仕方ない。

「でも私たちって音楽と縁がないし、縁結びって思った方が建設的だよ」

「いや建設的とかじゃなくて……まぁ、でもそれも一理あるか」

占いのときもそうだったが、思い込みを力にするのがこういったものだと捉えるなら、栞の姿勢はまさしく建設的な信仰の仕方だ。

対する蒼の姿勢は信仰というより伝統や歴史への知的好奇心に属するものだろう。

蒼は栞にならってなるたけ前向きになろうとしながら、栞と境内を巡っていった。

「ほら、あおくん！　有名な『むすびの樹《き》』だよ！」

栞がひときわカップルでにぎわう一角を指さし言った。

「……ちょっと面白い形をしてるからってこじつけてるだけじゃないか」

むすびの樹——一つの根から二つの幹が分岐して伸びた大銀杏《いちょう》、とのことだが、それを縁結びのパワースポットとするのはこじつけがすぎる印象は拭えない。

現在は伐採されてしまっておりかつての半ばほどの高さもない。

その周囲にはドギツイピンク色の絵馬がかけられまくっており、ものすごく浮かれた雰囲気を醸《かも》している。
　とはいえ由緒《ゆいしょ》ある御神木である。
　栞はすぐさま絵馬を手に入れてきて、自分の名前を書き入れた。……絵馬の真ん中には
ハートマークで囲われた空欄があり、そこに二人の名前を書き込むのである。
「はい、あおくんも。……こうして名前を並べるの、なんだか婚姻届みたいだね」
「婚姻届って……」
　絵馬とペンを受け取りながら、思わずたじろいだ。
「気が早すぎるでしょ」と、どうにか苦笑を返す。
「だって別れるわけないし！　私は当然そのつもりでいるよ！」
　栞がグイグイくる。蒼はペンを握る手を止めてしまった。
　もちろん蒼も栞と付き合い続けたいと思っている。
　しかしどれほどの高校生カップルが、そのまま結婚というゴールまでの未来を無邪気に
信じているものだろう……。
　とはいえ、『この先どうなるかわからない』なんて言葉が女の子を喜ばせるものではな
いことぐらい蒼にもわかる。
　問題は、それを表情に出さないことだ。

「俺、結婚して家族を養えるような立派な大人になれるかなあ」

蒼は誤魔化すように言った。

「私が養うから大丈夫だよ‼」

栞が即座に剛速球を返してくる。

……デート代を奢《おご》ってもらったりしている現状からすると、それはあまりにも生々しい想像だった。

「それはちょっと情けないから、ちゃんと勉強もしないとな……」

「そういう男が女より頑張らなきゃって考え方！　時代遅れです！　あおくんは堂々と私の紐《ひも》になるべき‼」

栞が大声で妙な理屈を言い切ると、周囲からクスクスと笑い声が漏れ聞こえてくる。

「聞いた、今の……。すごいバカップルがいる……」

「モデルみたいなすっごい美少女なのにね」

「でも男の子の方もわりといい感じだよ」

「すげーなあの男、前世でどれだけ徳を積んだんだ？」

「その上さらに徳を求めてここに来たのか」

周りもカップルだからか、妬《ねた》み嫉《そね》みという雰囲気ではない。

しかし恥ずかしい。栞は『自慢のカレピです』という顔でえっへんと胸を張っている。

蒼は手早く絵馬に自分の名前を書き「行こう」と、栞の手を引いた。

「あっ……」

蒼は栞の手を強く引っ張ってしまったことに気づいて、声をもらした。

これまで蒼と栞が手を繋《つな》いでいるとき、いつも栞が手を引いて蒼がついていく形だった。

それは栞の積極的な性格もあるが、蒼が彼女の男性恐怖症を慮《おもんぱか》ってのことでもある。

男性的な力、強引さで彼女の手に接するのは、彼女の恐怖心を呼び起こすのではないかと危惧していたのだ。

しかし栞は「えへへっ」と顔を綻ばせながら、ついてきていた。

「絵馬をかけたら記念撮影しようよっ！」

平気そうだった。蒼はほっと安堵《あんど》した。

手を強く握るぐらい、平気になったのだ。

自分たちはちゃんと前に進めている、そういうことに違いない……。

「写真、撮りましょうか？」親切なお姉さんがそう声をかけてきて、栞は「よろしくお願いします！」と無邪気に答える。

二人はピンク色の絵馬に囲まれたむすびの樹の正面で、記念撮影をした。

二人はエスカレーターも使いつつ高低差のある江ノ島を進んでいき、奥の方のエリアへと到達した。

「ここが一番有名な『龍恋《りゅうれん》の鐘』と岩屋だよ！」

『恋人の丘』と呼ばれる相模湾《さがみわん》を見渡せる江ノ島の高台、そこには伝説の鐘がある……。

「この鐘を二人で鳴らしてから、南京錠《なんきんじょう》を周りのフェンスにかけると、恋人たちは永遠に結ばれるというおまじないなんだよ！」

蒼は「うわぁ～」というドン引き顔をした。

バカップル観光ビジネス、ここに極まりという感じがする。

「しかしあおくん、ちゃんと由来があるんだよ！」

蒼の表情を察して、栞は解説をはじめる。

『天女と五頭龍』――かつてこの地に恐ろしい五頭の龍が暴れ回っていた。

そこに天女が舞い降りると、その美しさに龍は一目惚《ひとめぼ》れをしてしまう。

天女に悪行を咎《とが》められた龍は、人々の役に立つように行いを改めた。

天女は龍の善行を認めて、龍と夫婦となったという……。

「マンモスロマンチックだね～！　テンションぶち上がるね～！」

「その伝説と南京錠がなにひとつ繋がらないんだけど」

「さあ！　早速鐘を鳴らしに行こう！　あの鐘を鳴らすのは⁉」

突然問いかけられて、蒼は「お、俺たち……！」と狼狽《うろた》えながら答えた。

栞はウム！と満足げに頷《うなず》く。

そして二人で龍恋の鐘を鳴らした。

「なんだかウェディングケーキの入刀みたいだね」

鐘に繋がっている縄を二人の手で揺らしながら、栞が笑う。

「婚姻届けの次はそうくるか……」

それからもちろん売店で南京錠を買ってきて――、

――二人の手でフェンスにしっかりと錠を掛けた。

「これで私たち、永遠にいっしょだね」

栞が言った。

奇妙な感情、あるいは予感が蒼の胸に渦巻いた。

しかし蒼は「そうだね」と答えて笑い返した。

「へへへーっ」と機嫌良く、栞は次のスポットへと蒼の手を引いて行く。

安産祈願のご利益がある龍宮《わだつみのみや》、絶景が広がる稚児ヶ淵《ちごふち》……。

「安産か……」と栞が神妙な声色で呟《つぶや》いた。

縁結びには無邪気に浮かれることができても――。

安産、出産という言葉には男性恐怖症の彼女には重たくのしかかるものがあるのかもしれない。

もしも男性恐怖症が治らなかったら……。

そんな気配を感じて、蒼は栞の手を強く握って言った。「大丈夫だよ」

栞は「うん！」と元気を取り戻して頷いた。

「ラストは、江ノ島の凄《すさ》まじい縁結びパワーが秘められていると言われる岩屋洞窟！」

「弘法大師《こうぼうだいし》が修行したって場所だから縁結びとは関係ないよ」

島の最深部に、海の浸食によって出来た洞窟がある。

そこは古来から霊験《れいげん》あらたかな場として信仰されてきたという。

蒼と栞も手を繋いで岩壁の内部へと入っていった。

渡されたロウソクを手に、薄暗い岩の回廊を進んでいく。

事故がないように人の手で整備されているが、RPGのダンジョンのような冒険心が刺激される。

しかし――栞の手が微《かす》かに震えだした。蒼はそれにすぐに気がついた。

「星乃さん、大丈夫？」

「う、うん……何だか急にちょっと……。でもあおくんの声聞いたら、安心した」

暗闇の中で無言だと、蒼の存在をあまり感じないのかもしれない。

相手が蒼だという実感が薄れれば、繋いでいる手はただの男の手でしかない……。

いつもしゃべりっぱなしの栞の口数が少なくなる。

蒼は努めて自分から話題を出してしきりにしゃべり続け、自分の存在を実感させた。

栞の手の震えが、少しだけおさまっていく。

そうして岩屋を抜けていった。

◇

岩屋を出た後は、すぐそばにある遊覧船で弁天橋まで引き返す。

江ノ島は起伏が激しいので歩いて引き返すとなかなか苦労するし、海の景色も楽しめるしで一石二鳥である……というわけだ。

小型の船なので、海を間近に感じることができる。岩屋で少し沈みかけた二人のテンションが、潮風に吹き飛ばされるようにしてリセットされた。

「あおくん、富士山《ふじさん》が見える！」と、栞がはしゃぐ。

「なんて贅沢《ぜいたく》なって思ったけど、これは正解だったな。船酔いは大丈夫？」

「けっこう揺れてるけど、全然平気っぽい！」

繋いだ手にぎゅっと力を込めてくる。その手はもう震えておらず、笑顔には屈託がない。

蒼は安堵した。

ものの十分の船旅で、二人はスタート地点に舞い戻ってきた。

それから海鮮丼が有名な店へ行き、遅めの昼食をとることにする。

「湘南といえばシラスだよね！　私、生のシラスって食べたことない！」

蒼と栞はウキウキとメニューを開いた。

「でも丼まるごとシラスっていうのも勇気がいるよね……」

「だからやっぱりほら、他にもいっぱい乗った豪華海鮮丼っていうのが人気だって」

栞が指さす写真に視線を惹《ひ》きつけられ――値段を見て、蒼はすぐに目を逸《そ》らした。

「やっぱりシラスを味わい尽くしてこそだよな！　俺は生シラスと釜揚げシラスの両方が乗ったWシラス丼にするぜ！」

「おおっ、流石《さすが》あおくん、玄人《くろうと》目線！　でも同じものを頼んでもしょうがないから私は豪華海鮮丼にするぜ‼」

すぐに注文した品が届いた。

「あおくんのシラス丼すごいね！　新鮮なシラスたちの目がキラキラしてて語りかけてくるみたい……食べないで……食べないで……って」

「マジで食欲なくなるからやめてくれる？」

食後、二人は海岸沿いをぶらぶら散歩したり、公園でまったりしたり、オシャレなカフェを見つけては入ってまったりして過ごした。

そして夕日が沈む頃、砂浜に二人並んで腰を下ろす。

「楽しかったね……」と、栞が言った。

「うん、理想のデートだった」

当初の目標は果たせたと言えよう。湘南の海に沈む夕日を眺めるという今のこのシチュエーションも、完璧なエンディングと言えるはずだ。

「でも、実はまだお願いがあって……」

しかし栞は、そう言って切りだした。

「私のこと、もっと『好き』って言って欲しい！」

蒼は意表を突かれたような思いで、目を見開いた。

「……なーんて言ってみちゃったりして……」

栞は照れくさそうに目を逸らす。

思い返してみれば、確かに蒼の方からそういったことを口にした場面は稀《まれ》だった。

「じゃないと信じられないってわけじゃないけど……口に出して言ってもらえると嬉《うれ》しいし……テンション上がるから……」

「好きだよ」

「……！」

嫌いなはずがない。栞は蒼にとって考え得る限り最高の恋人だ。

「今でも俺にはもったいないぐらいって思ってて、それで口に出すのも恐れ多いような感じがするけど……」

「ダメ！　そういう考えは捨ててもっと口に出して言って‼」

「好き」

「はうっ‼」

ビクン！と身震いをして、栞は顔を両手で覆ってしまった。耳が真っ赤になっている。かわいい。蒼はこれまでの消極的な自分の振る舞いを猛省した。

自分がグイグイ行けば、栞はそれを馬鹿にすることなく受け入れて、こんなにかわいい反応を見せてくれるのだ。

羞恥に震える栞の肩を見て、蒼は、今なら手を繋《つな》ぐ以上のスキンシップができるのではないかと思いついた。この肩を抱くとか、腰を抱くとか……。

今こそ自分の方から一歩を踏み出すべきなんじゃないか……？

今の彼女は不安や恐怖とは対極の感情で満たされている。

男への恐怖心など呼び起こされる余地はないに違いない。

ここで前に踏み出せないなら、いつ踏み出せるというのか。

夕日の海を二人で眺めながら、この雰囲気……。

なんならキスだって――、

ブブブブブブブブブブッ！

蒼が栞の肩へと手を伸ばしたそのとき、ポケットの中でスマホが暴れ出した。

栞も気づいて、きょとんとした顔を向ける。

雰囲気は完全に壊れてしまった。

蒼は仕方なくスマホを取り出し、愛歌からの着信だという通知を見て、ポケットへと戻しかけた。しかし――、

「出てあげたら？　マナマナからでしょ？」

――栞にそう気を遣われて、蒼は立ち上がり、少し距離を取ってから愛歌からの着信に応じた。

「なんだよ……」

「お兄ちゃん！　ティアラプロとの顔合わせの日時が決まった！　6月15日！」

愛歌の声が耳に飛び込んでくる。

……ティアラとの顔合わせ……。

決まった……？　一足飛びに？

——あの後、ティアラと顔合わせをするためにスケジュールの擦り合わせが行われることになっていた。しかし向こうから連絡が途切れ、かれこれ一週間近くが経過していたのである。

そこでいきなり連絡が来て、日程を押しつけられるというのは……。

「こっちが学生だからって、舐《な》めてるのか？」

「ううん、マルカワの担当者も同席してもらう都合でこの日にして欲しいんだって。無理ならリスケするってメールに書いてあるけど……」

「ああ、なるほど。そういう事情なら仕方ないのか……？」

あからさまに舐められるのも良くないが、譲歩のラインがわからない。

ただ実際こっちは暇な学生で、6月15日という日時になんら問題はなかった。

「わかった。でも返事は今すぐじゃなくていいんだろ？」

「うん、お兄ちゃんにもメールを見てもらってからするつもり」

──だったらやっぱり今すぐどうこうって話じゃないじゃないか。

こっちはデート中なのに──。

そんな思いと言葉が口からこぼれそうになるのを、グッと飲み込む。

栞と眺めていた夕日は刻一刻と沈んでいき、ゴールデンタイムが失われつつあった。

「わかった、それじゃあ帰ってからな」

「あ、うん……」

愛歌がどこか名残惜しそうな余韻を言葉の端に滲《にじ》ませていたが、蒼は通話を切った。

それから栞の元に戻り、隣に座り直す。

「どうだった？」

「何でもない……」

反射的にそう言ってから、隠すのも不自然なことだと考え直した。

「……いや、マナマナが雑誌に載ることになって」

「えっ⁉　もしかしてインタビューとかじゃなくてグラビア⁉」

蒼が頷《うなず》くと、栞は我がことのように喜んだ。

「すっご！　すごいじゃん‼　やったね‼」

しかしロマンチックなムードは途切れてしまった。

蒼はため息をついた。それから急激に冷静な思考が頭に流れ込んできた。

自分は今、何をしようとしていた？

冷静に考えたら、どうかしている。

彼女の気持ちも確かめずに、手を繋ぐより先のことに一歩を踏み出そうなんて。

男性恐怖症の苦しみは、彼女にしか絶対にわからないことなのだ。だから、常に彼女の気持ちを優先しなければならない。

岩屋で震える彼女を見たばっかりなのに。

雰囲気に流された？　いいや、自分の欲や焦《あせ》りから来る行動だったのではないか。

焦り――焦る必要があるのは蒼側の都合だけだ。

ゆっくり少しずつ歩んでいくことが、彼女にとって最善なのはわかりきっている……。

「どうしたの？」

急に黙りこくった蒼に、栞が問いかけてくる。

「いや……」と言葉を濁してから、蒼は話題を変えた。

「そういえば星乃さんはもうコスプレはやらないの？」

彼女から作ってとお願いされたら、また無償で作るつもりでいた。

しかし栞は表情を曇らせた。

「実は……事務所からあまりいい顔されなくって……。そういう売り方をするつもりじゃないって怒られちゃった」

「そういう売り方って……」

「モデル星乃栞は誰もが憧れるような長身スタイリッシュでイケてる王道モデル……。実はガチオタ趣味みたいなギャップ狙いのイロモノとかじゃないんだって」

蒼は釈然としない気持ちになった。モデルとしての人格が、彼女本人の人格よりも優先される、それはおかしなことではないか……。

「プライベートのSNSで何をしようと星乃さんの勝手じゃないの」

「でも事務所さんの言い分も理解できちゃってね。……今どきオタク趣味アピールなんて珍しくもない。本気でこの道をやるなら、真っ正面から挑んだ方がいいって」

本気でこの道をやるなら……。

「そう言われて私、けっこうモデルとかファッションとか、本気で好きなんだなって自覚したんだ。誰からも必要とされず、馬鹿にされてきた私が、誰からも求められる存在に『変身《コスプレ》』できたって実感できる最高の晴れ舞台」

彼女はモデルというコスプレをすでに達成しているのだ。

すでに変身願望を満たしている。

だからこの上さらに変身をする必要はない……。

「じゃあ俺はもう星乃さんをコスプレさせられないのか……」

蒼がそう呟《つぶや》くと、栞は慌てて、

「あってもいつかまたやりたい‼」と言い繕った。「今ではないけど……」

しかし蒼ははっきりとした線が引かれたのを感じた。

蒼と栞が仲良くなれたキッカケはコスプレだった。

だけどその結びつき方は一時的なもので……、
これから先の二人の関係は、コスプレスタイリストとコスプレモデルではないのだ。

彼女はもうこっち側の世界の人間ではない。

それでも、彼氏彼女であることは変わらない。

「トップモデルを目指す美少女の恋人か……。ますますプレッシャーがかかるな」

「またそういう言い方するー！　あおくんだってそれに相応《ふさわ》しいカレピなんだから‼」

——学校一の美少女とつきあい、クラスの上位カーストに属し、それなりにオシャレで、
趣味でも成功している男……。

自分はそういう男と見なされている……。

が、今に至ってもそんな実感がない。

星乃《ほしの》さんがこっち側の人間じゃないと思う以前に、自分があっち側の人間になれたと思うべきなのに。

「あのさ、あおくん……今日どこかのタイミングで伝えようと思ってたんだけど……」

不意に、栞が切りだした。

「前に話したデザイナーさん……私と仕事したことがあって、あおくんの作ったコスプレ衣装を見て興味をもってくれた人なんだけど、その人があおくんに興味を持ってて会いたいって言ってるの。会ってみない？」

「会うって……その話ってマジだったの？」

そんな雲の上の人種と会って、どうするというのだ。

「マジのマジ。……二宮誠二《にのみやせいじ》っていうんだけど、若いけど自分のブランドを持ってるちゃんとしたデザイナーさん。本気であおくんのこと弟子にしたいみたいで。とりあえず事務所でバイトでもしないかって。雑務から服作りまで、仕事はいくらでもあるから」

「どうしてそんな人が、俺みたいなコスプレイヤーを？」

「業界の色に染まってない人が欲しいんだって」

「業界に染まってないって言ったって、代わりにオタクに染まってるだけだよ……」

「あとはコスプレイヤーは全部自分で作ってる、それを当たり前と捉えているってところに興味があるって言ってた。それはパターンナーに必要な素養なんだって」

「……！」

蒼はハッとした。

それは自分自身が、コスプレとファッションを比較したときに、強く思ったことだった。

そこを自分の強みとして理解した上で求めてもらえるなら、その期待に応えられる可能性はあるかもしれない。

「わかった。バイト……バイトかぁ……」

バイト……。

放課後、コスプレに費やす時間がさらに減ってしまうということだ。

しかし高校生になったらバイトをしたいとは思っていた。

親から家計費としてもらったお金を節約してコスプレ費用を捻出しているが……。

もっとお金があればワンランク上の衣装を作れたのに……という思いが常にある。

新しい漫画やゲームを買わずにいると、新しいコスプレの題材にも出合えない。

栞とのデートでは栞に奢《おご》られっぱなし。本人が良《い》いと言ってくれてはいるが、あまり健全なことではないと思う。

すべての時間をコスプレと恋愛に費やすのは不可能で、どこかでアルバイトをしないとバランスよく成り立たせることはできない、とは常々思っていたのだ。

「デザイナーの事務所なんて、陽のオーラがすごすぎて、怖いんだけど……」

「バイトなんだから難しく考える必要なんてないよ。合わないと思ったらすぐにばっくれてもいいと思うし。向こうだって違うって思ったら簡単に切ると思うし」

それはそれでおっかない関係だと思う。

「ね、やってみようよ！　あおくんにとっても良い経験になると思うよ！」

栞がぐいぐいと強く後押ししてくる。

それはまるで、こっちの世界に来てとでも言うようだった。

栞は常に蒼に変化を求める。変わることが、彼女にとっての希望なのだという。

変わらないことを望む愛歌とは、正反対に。

「わかった、その人と会ってみるよ」

栞とともに生きるつもりなら、それが当然の答えだった。

蒼は頷《うなず》いた。

◇

帰宅してすぐに、蒼はリビングに置かれた共用のノートパソコンの画面を覗《のぞ》き込んだ。

画面に表示されているのは、マナマナの活動用メールアドレスに届いたティアラプロからの連絡メールである。

「ね、問題ないでしょ？」

横から愛歌が口を出してくる。リビングのソファーに、二人で並んで座っていた。

確かに問題はなさそうだった。文面は丁寧で、スケジュールを一方的に要求していることについての釈明と謝罪も添えられている。

こちらのことを舐《な》め腐っている感じはしなかった。

――ふと、メールの受信日時が目に入った。

メールが届いたのは、夕日が沈む時間帯よりだいぶ前だった。

てっきりメールが来てすぐに電話をかけてきたものと思っていたが……。

メールが届いてから電話をかけるまでの、微妙な空白の時間。

もしかして愛歌は、デートの終わり際、夕日が沈むもっともロマンチックな時間帯を狙って電話してきた……とか？

蒼は思わず愛歌の顔を見つめた。

今夜の愛歌は『このメイドは俺が育てた』の『御手洗《みたらい》メイ』のメイド服を着ている。

蒼がもっとも気に入っている衣装のひとつだ。かわいい。

「ＯＫの返事を出しちゃっていいよね？」

と、愛歌が首を傾《かし》げた。

蒼がデートしている間に、愛歌は返事の文面をすでに完成させていた。

……考えすぎだろう、さすがに。

「ちゃんと失礼のないビジネス文書になってるか？」

「大丈夫だよ、定型文っていうのをネットで調べたから。向こうだってこっちが学生だってこと、わかってるんだし。お兄ちゃんは舐められるとかそういうのを気にしすぎ」

愛歌がマウスを握り、カチっと送信をクリックした。

――これでコスプレイヤー『マナマナ』は念願の一歩を踏み出すことになるのだ。

「で、今日のデートはどんなことしてきたの？」

くるりとパソコン画面からこちらに向き直り、愛歌が質《ただ》してくる。

「やっぱり報告しなきゃいけないのか」

「あったりまえでしょ」

何が当たり前なのかよくわからんが、蒼は湘南でのデートについて語り聞かせた。

愛歌はみるみるうちに、ふくれっ面《つら》になった。

「……いかにもミーハー女が考えそうな、馬鹿っぽいデートコース」

「ちゃんと楽しかったぞ。ミーハーだとか何だかんだ言っても、大勢の人が良いと評価している場所やコトは、やっぱり良いものだよ」

「そんな素直なこと言うの、お兄ちゃんらしくない……」

なんだ、まるで人を捻《ひね》くれ者のクソオタクみたいに。

「結局オタクが捻くれたことばかり言うのって、どうせ自分には手に入れられない体験だからって諦めてるだけかもしれないな。酸《す》っぱいブドウってだけで、いざ体験する機会があったら俺とか称徳《しょうとく》とかも夢中で楽しんじゃうものなんだよ」

蒼はキラキラとした瞳で語った。

「オタクも心を開いて外の世界に出るべき……それが真理かもしれないな」

「あー、聞きたくない聞きたくない！　気持ち悪い‼」

愛歌が両耳を両手で押さえた。

まぁ、蒼も半分冗談で言っている。

「俺もピンク色の絵馬とか南京錠《なんきんじょう》とか、アホみたいって思うけど。あんな高いパンケーキだって一人なら絶対頼まないし」

「パンケーキなんて私に言ってくれれば百円もかけずに作れるのに……」

「世界一のパンケーキとそれを一緒にするなよ」

「……それで？」

話はもう終わったのに、先を促すように愛歌が言う。

「それだけだよ」と、蒼は答えた。

「……本当に？　湘南の海に沈む夕日を二人で見て……本当に手を繋《つな》いでただけ？」

愛歌が執拗《しつよう》に問いを重ねる。蒼は思わず苦笑した。

きっと嘘《うそ》をついたら、愛歌はたちまち見抜いてしまうに違いない。

しかし蒼が都合のいい真実を語っていても、それはそれで不安で信じ切ることができないのだ。


「星乃さん、男性恐怖症なんだよ」

「えっ」

愛歌は言葉を失ったような顔で固まった。

「男性……恐怖症……」と、言葉を斟酌《しんしゃく》するように繰り返した。

「安心したか？」

愛歌が不安がっているようなことは、そう簡単に起こり得ない。

言いながら、蒼の心臓がきゅっと引き締められた。蒼にとっては嬉《うれ》しくないことだ。

「……ごめんね、お兄ちゃん」

「ん？　何でだよ？」

愛歌が喜び、安心すると思っていた蒼は、問いを返す。

「だってお兄ちゃんが彼女に手出ししたくてもできない事情だってこと、私、知らなかったから……。それなのに……」

──それなのに、誘惑めいた振る舞いを繰り返していた……。

それは兄を苦しめていたのではないか──そういう意味の謝罪だろうか。

いけ好かない高慢ちきな女帝が彼氏に一向に身体《からだ》を許さない、とかだったら、愛歌にとって話は簡単だったのだろう。

可哀想《かわいそう》な兄を慰め、誘惑し、自分のものとするのに何の躊躇《ためら》いもあるまい。

しかし現実には、可哀想な事情のある彼女とそれに誠実に向き合う彼氏──そういう構図だったのだ。

そこに、蒼が抗《あらが》えないとわかっている誘惑を繰り返し続けた。

だけど……、

「おまえはお兄ちゃんに甘えてただけだろ、謝る必要なんてない」

蒼は愛歌の頭をくしゃりと撫《な》でた。

そういう建前になっている。

「でも、私……」

頭を撫でられながら、愛歌が声を漏らした。

それから上目遣いに、蒼を見つめる。

「でも私……星乃栞にどんな事情があったとしても、お兄ちゃんは譲らない」

そう言った。

これだけあらゆるものが変化していっている潮流の中で、兄と自分の二人だけの世界だけは絶対に崩さないというように。そんな強い決意を込めて。

蒼は、栞とともに変わろうとしているのに。

「おまえなんてさ……」

蒼は絞り出すように声を漏らした。

「また昔みたいに孤独になるのが怖くて、やっとできた家族の俺に依存して……、それを好きって感情と勘違いしているだけだろ……異性の愛情とは違う」

「そんなふうに思ってるんじゃないかと思ってた」

些《いささ》かの動揺を見せずに、愛歌は瞬時に返答した。

「そんなわけないじゃん」

射貫《いぬ》くような強い視線を向けて、愛歌は言い切った。

まったく揺るぎのない言葉と視線だった。

蒼の方が目を逸《そ》らしそうになった。

「そうか」と蒼はつぶやいた。

愛歌は黙って蒼を見つめ続ける。

そのまましばらく沈黙が流れた。

「……そうだ」と、蒼は沈黙を破った。

「俺、バイトはじめることにした」

「バイト？　何のバイト？」

蒼がバイトを始めること自体は意外ではなかったのだろう。

愛歌は驚くことなく内容をたずねた。だが――、

「ファッションデザイン事務所」と蒼が答えると、凍り付いた。

「はぁあああああああああっ!?」と、素っ頓狂な声をあげる。

確かに高校生のバイト先として考え得るもっとも予想外のバイト先だろう。

「星乃さん、モデルだから。それで俺の衣装作りの腕を見込んでくれてるデザイナーさんがいるんだと」

「なんだそりゃ……」

愛歌は魂が抜けたような声を漏らした。

それから我に返ったように、愛歌は不満げに蒼を睨《にら》んだ。

ファッション《あっち》の世界に深入りするのか?

そんな声が聞こえてくるかのようだ。

「プロの服作りはコスプレ衣装作りにもキッと役立つ。俺たちの活動と無関係ではないだろ。飲食店だとかでバイトするよりよっぽどいい」

「お兄ちゃんってさ……、そんなに変わりたいの?」

蒼の言葉を無視するように、愛歌が問うた。

「変わろうって、そう考えてる」

変わること――それが恋人である栞の希望なのだ。

卑屈で性根が拗《ねじ》くれた蒼でも、変わることができる、もっと広い世界を素直に見渡すことができるようになる、どんな陽キャたちの視線も恐れず堂々と生きていけるようになれる――栞はそう信じている。

だから蒼も、そういう世界を見てみようと思っている。

友人たちも、そうしてみたらいいと背中を押してくれた。

「別にお兄ちゃんが愛歌と一緒に『マナマナ』として生きてきた世界は、捨てなきゃいけないようなものじゃなかったと思う」

「別に捨てるつもりじゃないよ。コスプレだってオタクだってやめるつもりじゃない。ただ興味の対象や仲良くなる人種を広げてみようとしてるだけだよ」

「それは自己肯定のために？」

「……そんなつもりじゃない」

しかし蒼は目を逸らした。

「そうなの？　前に話してくれた……ああいう自己嫌悪《けんお》がキッカケだったんでしょ？　お兄ちゃんの中から自然と広い世界を見たいって衝動が生まれたんじゃなかったら、それは無理をしてるってことだよ。脱オタしないといけない、オタクっぽくみられない格好をしないといけないいって、そういう理不尽な圧を感じてさ」

蒼は答えあぐねた。

脱オタはしなきゃいけないことなのか、それはわからない。

世間は、社会は、カーストは、オタクよりもオタクじゃないやつの方が偉い、と規定している。直也《なおや》も、上のカーストになれるものならなった方がいいと言っていた。

しかし……。

俺はそれに納得しきれているだろうか。そんな世界にちゃんと馴染《なじ》めているだろうか。

世の中が決めた理想に、無理矢理自分を当てはめていないだろうか……。

「お兄ちゃんはさ……」

世界でもっとも蒼のことを知り尽くしているであろう愛歌は、言った。

「お兄ちゃんは愛歌と一緒に愛し合いながら、二人で一人のマナマナとしてコスプレの道を究めて、オタクだけじゃなくて一般人さえも羨むような大金持ちになって、大成功して

『最強のオタク』になって、愛歌と毎晩セックスをして……そんな自分に誇りを持つべきだったんだよ」

その言葉は染《し》み入《い》るように蒼の頭に溶け込んできた。

言葉としてではなく、魂で理解できるような、そんな未来図だった。

確かに俺は、そんな未来を夢見ていたかもしれない……。

「周囲からシスコンって後ろ指をさされながらか？」

「ラブコメラノベの主人公みたいで最高じゃん」

愛歌という初恋の少女が、そう言って笑う。

……言いたいことは言ったとばかりに、愛歌がソファーから立ち上がった。

座ったままの蒼の目前で、メイド服のスカートがひらひらと揺れる。

「お風呂《ふろ》にお湯いれてきまーす」

「……おう」

「一緒に入る？」

愛歌が誘うように笑いかけてくる。

蒼は狭い浴槽に二人で入り、裸体の愛歌を抱き締める想像をして、強い衝動を覚えた。

激しく胸が揺さぶられた。

「……この歳《とし》の兄妹《きょうだい》が一緒に風呂に入るのは、兄妹として当たり前のことじゃないだろ」

妹が甘えているだけ。兄妹として当然のことしかしない。

その一線を、守ろうとする。

「でも、今、エッチな想像したでしょ。はい、ペナルティー」

愛歌は蒼に顔を寄せて、ちゅっと唇を触れさせた。

軽いキスだったのに、蒼の胸が再び揺さぶられた。

何か心臓にかすがいのようなものが打ち込まれたように感じた。

六章　広い世界

「月《つき》ケ瀬《がせ》くん、あの『ジオール』でバイトするの⁉」

教室が騒然となった。

「あおくん私の紹介でジオールのデザイナーの事務所でバイトすることになったんだよ～」と、栞《しおり》がイケてる女子グループの仲間に話したのである。

「ええっ、あのジオールで⁉」

その驚きの声は、瞬《また》く間《ま》に教室全体に伝播《でんぱ》していった。

「マジかよ！」「すげえ！」といった声があっちこっちからあがる。

……そんなにすごいことなのか？

当の蒼《そう》は、きょとんとした。

栞に紹介してもらうデザイナー——二宮誠二《にのみやせいじ》のてがけているジオールというブランドの名も、このとき初めて知ったのだ。

「なあ、ジオールってそんなにすごいブランドなのか？」

栞に連れられてイケ女グループに囲まれている蒼は、すぐそばのギャル——優亜《ゆあ》にたずねた。

「は？　あおっち知らないの？　ジオールゆーたら、熱盛《あつもり》テンアゲで今羽ばたいてる〈ドメブラ〉じゃん。あーしも好きだけど、今期のコレクションはマジ虹！　ほんと無理！ってかあそこでバイトって最高か？　マジ？」

「いや、まだ面接的なこともしてないからわからないよ」

オタクに優しい（？）ギャル——皆川《みながわ》優亜はイケ女グループの中でもっともよく会話する相手だった。

言ってることの大半が意味不明だから、逆に気楽に話せるのである。

話が合わなくて当たり前、話がどう転ぼうと知ったこっちゃないという感じがする。

彼氏持ちらしいから、変にこじれる心配もないという安心感もある。

「というかドメブラってなに？」

蒼は目の前の宇宙人にたずねた。

「は？　それわかんないとかウケる！　ドメスティックブランドの略だよ。ドメスティックってのはアレよ、えーっと、ドメスティックバイオレンス的な？　うぇい？」

「家庭内暴力《DV》は関係ないだろ。うぇいじゃねえんだよ」

「うぇいうぇい！　マジ無理！　栞パス！　解説よろぴこ！」

　いきなり解説を振られた栞は、キリッとしたモデル顔で答えた。

「ドメスティックっていうのは国内って意味。つまりドメスティックブランドっていうのは、日本人デザイナーが手掛けるデザイナーズブランドのことだね。逆に海外のブランドだと〈インポートブランド〉って呼ばれる」

「あー、あのモノグラム柄とかロゴがびっしり並んだようなやつとか……」

「そこまでのトップメゾン……歴史と格式のある高級なインポートブランドは〈ハイブランド〉とか〈ラグジュアリーブランド〉って呼ばれるね。どれぐらい高級だとそう呼ばれるのかって厳密な線引きは、されてない気がするけど」

　ファッション業界って何かオシャレっぽい名前つけてるけど、実は厳密に定義がされてない雰囲気だけの言葉が多すぎるよな……。

「なんかパないブランドは全部ハイブラっしょ！」

　優亜があっけらかんと笑った。

「その基準だと、俺からしたらユニクロより高い服は全部ハイブラだけど」

「ウケる！」

何が面白いのかわからないが優亜は爆笑した。

人生楽しそうで何よりだ。

本当に雑に会話できる相手である。

「しかしそんな激アツなブランドのデザイナーだったのか……」

バイトして気に入られたら、タダで服くれたりしないかな……。

「あおっち、今は激アツなんて言わないから」

優亜がちっちっと指を振った。

「今はなんて言うんだ？」

「敦盛」

「誰だよ、平家か」


——バイト先まで格付けしてマウントを取り合うのか？と思うけれど……。

そこいらのハンバーガーチェーンとかコンビニでバイトするより、喫茶店とか服屋とかでバイトする方がオシャレというイメージは確かにある。

今をときめくドメスティックブランドのデザイナーの下でバイトする高校生……。

またやたらとすごいステータスを手に入れることになってしまうのかもしれない。

◇

ファッションデザイナー二宮誠二の事務所は、北参道駅のすぐそばにあった。

蒼がよく行く池袋から地下鉄で数駅だから、大した遠出ではない。

繁華街として賑《にぎ》わう表参道から少しズレたこの駅は、閑静かつワンランク上の住宅街が広がっている。

その中に、一階がガラス張りになっていて中がショールームとなっている建物があった。

二宮誠二ファッションデザイン事務所――と看板が掲げられている。

思わず怖《お》じ気《け》づく蒼だったが、栞は「ごめんくださーい」などと気楽に言って、建物の中にずんずんと上がり込んでいった。

「月ヶ瀬様、星乃様、よくいらっしゃいました。どうぞこちらへ……」

すぐにお姉さんが近寄ってきて、蒼と栞を別の部屋に案内した。

「ねえ、あれが噂《うわさ》の学生だって……」

「素人《しろうと》なんだろ？　専門学生でもなくて」

「なんかコスプレイヤー？　らしいけど……」

「何を考えてるんだろうね、誠二さん……」

ショールームにいた人々が、こちらを見てひそひそ声を囁《ささや》きあっているのが聞こえた。

乞われて来たのにそんなことを言われるのは心外だけれど……。

確かにやっぱり場違いなのではないか。そう思って不安になる。

――二宮誠二という男は、何を考えているのだろう。

連れてこられたのは、応接間だった。なんだか海外のデザイナーが作ってそうなハイセンスなデザインの椅子やテーブル、装飾品が並んでいる。

オシャレすぎて、圧迫感がある空間だった。

「そちらにお座りになって、お待ちください……」

そう言い残してお姉さんは立ち去った。

蒼は背筋を伸ばし、妙に姿勢をよくして椅子に座った。

「そんなに緊張しないで大丈夫だよ。もっと気楽にしてくれ」

――やがてそんな声を発しながら、一人の男が部屋に入ってきた。

痩せた、背の高い男だ。

長髪にオシャレヒゲを生やしていて、いかにも堅気の仕事ではなくフリーランスな業界人という雰囲気。

ワイドスラックスの上にカーディガンを羽織った格好で、オーバーサイズの服がひらひらとなびく様子は、どこか着流しの和装のようにも見えた。

「この部屋、クッソオシャレだろう？　我ながらちょっとハッタリを利かせすぎた」

と、男は続けて言った。

「ハッタリ、ですか……？」

「デザイナーは常に最先端でないといけない。ファッションをデザインするっていうのは、新しい思想やライフスタイルを提案するってことだからね。当然、インテリアデザインや建築デザインにも通じていないといけないわけだ。そうなるとデザイナーの事務所の応接間がメチャクチャ普通の部屋だと、かっこつかないだろ？」

蒼の緊張を和らげるためか、もともとおしゃべりなのか。

長々と喋《しゃべ》りながら、その男は蒼と栞の正面の椅子に座った。

にこり、と人懐《ひとなつ》っこい笑みを浮かべる。

「来客に『流石《さすが》、二宮誠二……』『こやつわかっているな……』と思ってもらうための空間なのさ。しかしバイトの面接をするにはトゥー・マッチ《やりすぎ》だな」

そこで男は名刺を取り出した。


「二宮誠二です。よろしく」


「月ヶ瀬蒼です」

「カッコイイ名前だよね。最近の若者はみんなそうだけど」

「お久しぶりです、二宮さん」

誠二が栞に顔を向ける。

栞は——男性恐怖症で顔面を凍り付かせながらも、最低限の愛想《あいそ》を振り絞ったかのような強《こわ》ばった笑顔をしていた。

「はは……」と、誠二は苦笑いした。

「栞ちゃん、相変わらずだね。もっと気を許してくれるとありがたいんだが……まぁ、仕事になるとちゃんと良《い》い表情をしてくれるから問題ない。こうして彼を連れてきてくれるあたり、どうやら嫌われてるってわけでもないみたいだしね」

栞はコクンと頷《うなず》く。

先程のお姉さんがコーヒーを運んできて、それぞれの前に静かに置いた。

「さて……とりあえずもうちょっと踏み込んだ自己紹介をしようか。この二宮誠二デザイン事務所と『ジオール』について、そして僕が君に求めていることについて……」

誠二はコーヒーを一口飲んでから、口火を切った。

「最初に言っておくと、僕のやっている仕事はいわゆる『隙間産業』というやつだ」

いきなりの言葉に、蒼は面食らった。

「ジオールはかなり順調なブランドだと聞きましたが……」

「ありがたいことに上手《うま》くいっている……が、僕らのこういう仕事というのは、どんなに華々しく成功しているように見えてもマニア向けにしか売れてなくってね。ビジネスとして見たとき、成長の余地はほとんどないんだ」

「どうしてですか？」

「低価格ブランドで満足している人に、ジオールの服を売りつけるのはとても難しいからさ。ひとえに、僕が若かった頃と比べて安い服のクオリティが上がりすぎた。昔は安い服を手に取るとあまりにもちゃちくって、百貨店で売られている服との差を価格差以上に如《にょ》実《じつ》に感じたものだった」

誠二は皮肉げな笑みを浮かべて肩をすくめた。

「今はそんなことはない。ユニクロと古着でオシャレなコーディネートをすることは難しくなく……百貨店の服売り場は閑古鳥が鳴いている。地下の食品売り場はいつも繁盛《はんじょう》しているのにね。君、百貨店で服を買ったことある？」

「……ないです」

「ファッションを必需品ではなく嗜《し》好《こう》品として認識したとき、今の娯楽が多様化した時代の日本人に一着が数万から十数万の服を買わせるのはとても難しい」

昔の話はよくわからないが、安い服で十分という実感は蒼にも理解できた。

この話がどこに着地するのかは、よくわからないけれど。

「僕らのような高価格デザイナーズブランドと低価格ブランドの中間に、自社生産型大手《SPA》セレクトショップという日本独自の変態的な連中も存在するが……ともかくビジネス的なスケールで言えば、我々のような『高い服を売る』ブランドというのはハナクソみたいなもんって立ち位置だ。歴史ある欧米のハイブランドたちは例外としてね」

「うちの学校の連中はみんなジオールに憧れてましたけれど」

「それは君の学校の子たちのファッション感度が異常なだけだよ」

誠二はきっぱりと言い切った。

「翔陽《しょうよう》だよね。ぶっちゃけ業界でも変な高校って有名だよ」

異常、おかしいとまで言われて蒼は驚き……、納得もした。

「もっとも……多感で自意識が強い思春期の子供に制服を押しつけず、自由な私服でいさせたら、そんな感じになる方が自然なのかもしれないけどね」

……大人になって振り返ったら、今の自分がこんなにマウントとかカーストとかを気にして生きていたことを、バカらしく思うかもしれない。

もっと自分らしく生きろよ、と思うかもしれない。

「さて、デザイナーの仕事は自前のブランドを持つことだけに限らない。うちの事務所ではもっと色んな仕事を受けている」

誠二はいくつか仕事の例を説明した。

服の作り方なんて何も知らないのに自分のブランドを立ち上げたがる芸能人やインフルエンサーのためにデザインを提供してやったり……、

企業やイベントのためにユニフォームをデザインしたり……、

田舎の『ナントカ染め』みたいな伝統技術を地元ブランド化させる手伝いをしたり……、

「服のデザインがかかわることなら何でも手広くやっているわけだ。僕自身はジオールの仕事がメインで、事務所に所属している他のデザイナーたちがそういう仕事を受け持つ感じだけどね」

「つまり……隙間産業？」

我が意を得たりという風に、誠二は頷いた。

「今の成熟しきったアパレルでジオールがどれだけ成長しても、年商100億を超えるような規模にはならない。業界の中心をユニクロだとかにガッツリ支配されている中で、その外側の細々とした仕事を何でも屋のごとく請け負っている……それが二宮誠二デザイン事務所だ」

「……ファッション業界ってそんな感じなんですね」

「僕個人の考えだよ」

オシャレの最先端に華々しく立っているように見えるジオールというブランドも、ビジネスとしては数ある隙間《ニッチ》のひとつに過ぎない……。

ジオールのデザイナーなんてカッコイイ経歴の人が、そんな風に考えているのか。

そういう物の見方もあるのか。

「うちは僕とジオールという花看板があるだけの何でも屋なんだ。世の中の大半のデザイナーが、企業に属してパクリ仕事を強制されてるのと比べたらマシな仕事をしていると自負しているがね。そして何でも屋だから、何でもできる人材が欲しい。オシャレの最先端にしか興味がない視野の狭いお子さんよりもね」

「……それがコスプレイヤーだと……？」

蒼は嘘《うそ》だろ、という顔をした。しかし誠二は、

「我ながら天才的な着眼点だと思う……」と自賛した。

「考えて見ろ、君は二次元の無茶振りのデザインを少しでもリアルに再現するべく、最適解なんてほとんどない世界で自分自身の頭で考え、独学し、限られた小遣いで、つまりコスト意識さえ持ちながら、何年間も情熱をもって努力し続けてきたんだぜ……‼　そんな高校一年生、オシャレなだけの服しかデザインする気がない専門学校卒なんかよりよっぽ

ど面白いだろ!?」

誠二は喋りながら声を興奮させ、最後にはガタ!と身を乗り出して言った。

蒼以上に、男性恐怖症の琹がびくっとした。

「おっとすまない……無能な人材に本当にストレスを感じていてね……」

「俺に幻想を抱いてるんじゃないですか……?」

ちょっと困惑気味に蒼は言う。

最近は——世界のすべてから幻想を抱かれてしまっている気がする。

自分の実像というものを理解してくれてるのは、愛歌ぐらいしかいないかのような。

「そんなことはない。琹ちゃんのコスプレ、それからマナマナのコスプレも全部見せてもらった。君は僕がさっき言ったことのすべてをやりきってあれらを作ったはずだ。君が何に悩み、どう乗り越えて成長していったかが、僕にはわかるつもりだ」

そういう気持ちになることは、あるかもしれない——と蒼も思った。

リコさんのお店でバカでかいモンスターサイズのマウンテンパーカーに袖を通したとき、蒼は即座にデザイナーの意図について想《おも》った。

服というものは思いのほかに雄弁なのかもしれない。

だからこそ顔を合わせた瞬間に会話の種にもなるし、マウントの材料にもなる。

「服作りの工程をすべて自分ひとりでやりきろうって意識は、業界人には意外とないものなんだよ。自分の専門分野を離れたら何も分からなくなる奴《やつ》ばかりだ。織《おり》物《もの》と編み物の区別もつかないようなやつが一杯いるんだぜ？　君なら分かるだろ？」

蒼は生地についても知識を持っているから、そういうものかもしれないと納得できた。

織り物というのは、恐ろしいほどの種類がある。

編み物というとセーターのようなものを真っ先にイメージするが、天竺《じんじく》のTシャツもスエットもフリースもすべて編み物だ。

そこらへんが混同されている商品を服屋で何度も見かけて「？」と思った。

「僕は本当はパターンナーあたりがすべてを見渡せるような視野を持っているべきだと思っている」

パターンナー——服の設計図たる型紙を起こす人間だ。

デザイナーよりも地味な存在だが……型紙というものの重要性は、蒼は嫌というほど肌身に染《し》みている。

「ゆくゆくは君にジオールのパターンナーを任せてみたい。アニメの衣装を現実に再現することが『服作りの原風景』だったパターンナー……面白いじゃないか。君にならどんな無茶なデザイン画を振っても、最高の形で仕上げてくれそうだ。そうだろう？」

「……どうでしょう。買いかぶりかもしれませんよ」

わけのわからないものを形にするのは得意だし、好きだ──内心ではそう答える。

蒼は、誠二という人物が自分を求めてくれている理由に納得した。

自分のような陰キャが、ファッション業界という陽の世界から求められる理由。

そういうものが、ちゃんと存在しているのだ。

目の前で開きかけている未知への扉が、蒼にとっても黄金の光を溢《あふ》れさせた輝かしいもののように思えてきた。

「すぐに答えを出すのは性急だよね。僕としても自分の仕事ぶりを見せて納得してもらってから──当然そうなると確信しているが──一緒に働いて欲しいと思っている。そこで……6月15日にジオールの秋冬シーズンコレクションの展示会がある。そこに招待させてもらえないかな」

誠二が一枚のポスターをテーブルの上に広げた。

招待客限定、と書かれていることから、そこに誘われることが特別なのだとわかる。

……6月15日。

熱を持ちかけていた蒼の頭が、瞬時に冷静になった。

それは愛歌と一緒にティアラプロやマルカワの担当者と初面会する日だった。

重要な日だった。

「……このイベントは、一日しかやってないんですか」

「ああ、合同じゃない単独の展示会っていうのは大変でね。予定があるのかな？」

「ええと……いえ、調整できるか確認してみます」

蒼にとっても後ろ髪を引かれるような思いがして、言った。

誠二はにっこりと、出会ってから一番の笑顔を浮かべた。

「この展示会は是非とも見てもらいたいんだ。……よろしく頼むよ」

「ね、あおくん！」

琹も横から口を挟んだ。

「絶対行くべきだよ！　ジオールの展示会に招待されるなんてすごいことなんだから！」

——彼女は、蒼がこの道を進むことを望んでいる……。

応接間から出たところで、最初に挨拶をしてくれたお姉さんに声をかけられた。

「お帰り前に……このショールームにある服から一点、何でも好きなものを持ち帰っていただきたいとのことです」

蒼と栞は「「ええっ⁉」」と声をあげた。

「何でもって……」

「すごい！　すごいよあおくん‼　……一番高いやつ選ぼうぜ！　このカシミアタグがついたジャケットとか⁉」

「い……いや！　高級とはいってもカシミアとか上質なウールは耐久性が低くて長くは使えない！　だったら高くて長く使えるレザーの方が……」

高ければいいというものでもないが、蒼は錯乱した。

「あおくんそういうハードな服、似合わないから好きじゃないって言ってたじゃん！」

「こちらのベージュ色のシンプルなシングルライダースはいかがでしょうか。お似合いになると思いますよ」

お姉さんが一着のジャケットを差し出してくる。

栞が「それだっ！　絶対似合う！」と声をあげた。

蒼は一通り試着してから……お姉さん推奨のレザージャケットを持ち帰った。

◇

……どえらいダブルブッキングになってしまった。

帰宅し、自分の部屋で一息をついてから、蒼は冷静になった。

どちらも自分の未来を決定づけるような予感がするイベントである。

どちらも普通の高校生にあり得べからざるスケールの出来事だ。

どちらが大事か比べようにも、どちらも想像を絶する感じがする。

ここ最近の自分の人生は『上振れ』が激しかったが、それもついにここまできたか……。

……誠二さんには咄嗟《とっさ》に予定を調整すると言ってしまったけど、ティアラとマルカワとの面会だってそう簡単に予定をズラせるわけじゃないよな……。

もちろんジオールの展示会はその日を逃せばもうノーチャンスだ。

──ただし選ばれなかった方との未来が、それっきり途絶えるわけではない。

ティアラは予定が合わなかったらリスケジュールすると言ってくれている。

二宮誠二も展示会に行けなかったというだけで、バイトの話を取りやめるという態度ではなかった。

だったらそんなに深く悩むことではないかもしれない。

しかしこの二つの出来事のどちらかを選ぶというのは……、
コスプレとファッション、どちらを優先するか順位付けするという行為に思える。

そしてファッションという選択肢の陰には、栞の姿がちらつくのであった。

それでもマナマナのコスプレ活動が何より最優先であるべきなんじゃないのか……。

そう思いながら、しかし、蒼はクローゼットに後ろめたい視線を向ける。

そこには無料でもらって帰ってしまったレザージャケットが掛けられている。

……断りづれえっ！　星乃さんもテンション上がってたから、つい一緒になって盛り上がっちゃったけど‼

最上級のラムスキン……手に触れるとキメ細やかな柔らかい質感に、レザーに特別なこだわりのなかった蒼も思わずうっとりしてしまう。

そしてつけられていた値札を見ると、真顔になる。

これで展覧会に行かないというのは不義理極まりない。

そして……星乃さんもどう思うだろう。

彼女もこの件を、蒼がさらなる『変身』を遂げる大事な機会だと期待している……。
じゃあティアラにリスケを求める連絡を送るかというと……。
マナマナのメールアドレスは共用だから、蒼が勝手にメールを送るわけにはいかない。
当然、愛歌に事情を説明することになる。
バイトを優先させてくれと……。
言えるか、そんなこと。
『マナマナへの裏切り行為』は決して許されない……。
いや待て、愛歌と星乃さんだったら……恋人の星乃さんを優先するべきでは……？
――この世の地獄のようなジレンマであった。
蒼は現実逃避するように自分の部屋から出た。
そして作業場である死んだ母の部屋に入り、作業机につく。
頭の中から混乱した思考を追い出すように、手を動かし始めた。
衣装を作っているときだけは、頭の中から悩みが消える。
悩みが増えるほど、衣装作りの進みは良くなるのであった。

コスプレボードを型紙通りに切りだしていき、画用紙での試作と同様に組み上げていく。

画用紙のようにすんなり加工できるわけではない。

折り曲げるためにカッターナイフで真っ直《まっす》ぐに切れ目を入れていく。綺麗《きれい》に切るコツを掴《つか》むために何度も練習をした。

曲面を作るときはドライヤーで熱して少しずつ湾曲させていき……立体にするために入れた切れ目《ダーツ》の部分を接着剤でくっつけて固定する。

切断面や貼り合わせた部分がガタついてしまったら、ライターで熱して柔らかくし、指で押さえてならしていく……。

パーツを一つ作るのに、装飾を一つ加えるのに、えらく時間がかかる。

しかしこうしたコツコツとした作業は、オタク心をくすぐられて嫌いではない。

あれだけ試作を重ねて丁寧に起こした型紙だ。型紙通りに組み立てれば、必ずイメージ通りに仕上がるはずである。

最高のものを作れるはずという自信が、モチベーションを持続させる。

頭の中が無心になっていく――。

「お兄ちゃん、順調？」

不意に愛歌の声が集中していたところに割り込んできた。

部屋に入ってきていたことにも気づかなかったが——声をかけると同時に蒼の背中にぴったりとくっついてきている。

ぎゅっと愛歌が身体《からだ》を擦《なす》り付けるように抱きついてきたが、蒼は何も意識しなかった。

「順調だよ。もうすぐ形になりそうだ」

塗装で大失敗しなければだが……。

「お兄ちゃん、衣装作ってるときはまったく気にしてくれないんだから……」

ブスっと愛歌がつぶやく。

「ん？　何か言ったか？」

「別に何も。……ちゃんと恥ずかしくない出来になりそう？」

「まあ、たぶん。客観的に見て平均は超える出来になるはずだ」

塗装で大失敗しなければだが……。

塗装というものは、そこでやらかしてしまったらそれまでの過程を全部台無しにしてしまうような仕上がりへの影響力がある。

「じゃあさ、ティアラさんと会うときまでに完成させようよ」

「15日までに？　まあ、できなくはないか……」

　塗装で大失敗（以下略）。

「ティアラさんたちへのアピールになるように頑張ってよ！」

「当然だ、任せておけ」

　塗装で（以下略）。

　……やっぱり合皮貼りで仕上げようかな……。不安になってきた。

　しかし愛歌は蒼の自信ありげな態度に満足して「へへっ」と笑みをこぼした。

「じゃあこれが完成して、私がコスプレをして撮影をするとき、お兄ちゃんが私に見惚《みと》れなかったら……私、お兄ちゃんのこと諦めてもいいよ」

　からかうような口調で言う。

「そうか。じゃあわざと手抜きしたら我が家の問題は解決だな」

「ふふっ、ご自由にどうぞ」

　どうせそんなことできはしないとわかっているのだろう。愛歌は平気な顔で笑う。

「作業に集中するから、あっち行ってろ」

　追い払うようにそう言ったが、愛歌は動かなかった。

「黙ってるから見てても良いでしょ。造形、新鮮で見てて面白い」

「好きにしろ」

コスプレ衣装を作っている間はあらゆる悩みを忘れられる――。
それはそれとして、すぐそばで愛歌が見守っている。
それは心地よい時間だった。

七章　天秤《てんびん》

時が経《た》つに連れ、蒼《そう》は深刻な事実に直面した。

『変わる』というのは——簡単なことではなかったのだ。

教室、陽キャたちの輪の中で……蒼は強く感じることが増えた。

話題がわっかんねえ……！

「なあ、昨日の『粗挽《あらび》きはんば～ぐ先生』の更新見た？」

「見た見た！」「最高だったな！」

粗挽きはんば～ぐ先生というのはお笑い芸人で、そのネット動画配信の話題であった。

蒼も話題につきあうために何度か視聴したが……面白いとは思うのだが……ハマりきれなかった。

そしてコスプレ衣装の作業が佳境に入るにつれて、一切観《み》なくなったのである。

「は……ははは……」

蒼は輪の中で、ぎこちない愛想笑《あいそわら》いを浮かべた。

ファッションの話題なら、まだ良《い》い。

しかしいかに陽峰高校の陽キャとはいえ、四六時中ファッションの話をしているわけでは当然ない。

お笑い芸人やらインフルエンサーの動画配信、実写ドラマ、アイドルグループ……。

三次元の話題が多い……！

みんな三次元に生きているのだから当然だが……蒼は思いのほかに自分が三次元のナマモノに興味が無い人間だということを自覚した。

たまに漫画の話もするのだが……漫画の趣味にも致命的にズレがある……。

女の子が可愛《かわい》くない漫画なんて、どうして読むのだ？

こいつら……萌《も》えないのか……？　そんな事実に愕然《がくぜん》とする。

「よっし！『Ｍｅｍｅ　Ｔｏｋ《ミームトック》』撮ろうぜ！」

「イエーイ！」

かと思えば突然ズンドコとＢＧＭを鳴らしながら踊り出し、その様を撮影し出す。

蒼も半笑いでぎこちなく踊りに加わり、みんなから弄《いじ》られて笑われる。

その動画はＭｅｍｅ　Ｔｏｋというアプリに顔出しも恐れずアップロードされ、その動画の再生数にみんな一喜一憂している。

マナマナがコスプレ写真をアップロードしたときの反響と比べたらハナクソぐらいの規模だが……。

一方で栞《しおり》に巻き込まれる形でイケてる女子グループに囲まれることもある。

こちらでは、栞が主体的に場を動かしていた。

何しろ彼女はよくしゃべる。漫画やアニメの話を熱弁して「トップオタ〜！」とか言われながらも何人かを布教に成功させたり……。

かと思えば三次元の動画やドラマやアイドルもしっかり押さえていて話題が広い。

もちろんファッションや美容について語らせたらみんなのリーダーだ。

恋バナとなったら、蒼がその場にいようといまいと、全力でノロケだす。

……強い。改めてスクールカーストの頂点にいる女のことを理解する。強すぎる。

考えて見ればもともとの性格が根明《ねあか》なのに加えて、彼女は脱オタ高校デビューの準備期間に数年をかけているのだ。

一方で蒼はそんな準備期間などなく、突然見た目と恋愛事情だけリア充になって陽キャの中に迷子になったオタクである。

しかも家にいる時間は、ほぼすべて衣装作りに費やしている。

それでもジオールのレザージャケットを着て登校したり、栞や、教室に何故《なぜ》かやってくる王子《プリンス》たちに絡《から》まれたりするたびに株が上がるのだが……。

地に足のつかぬ日々だった。


体育の授業も、蒼のウィークポイントである。

六月初頭——早くも梅雨入りしたかのような雨天だった。

体育館で卓球をすることとなった。

反射神経がものを言うスポーツといえよう。

オタクだからって誰もが鈍いわけではなく、アクションゲームや格闘ゲームが得意なオタクもいるだろうが……蒼はコマンド式RPGやシミュレーションゲームをこよなく愛するタイプの鈍いオタクだった。

『コスモリリカル☆フェスタ《四人制格闘ゲーム》』はみんなで遊ぶために必死になって練習したけど。

とにかく自分の方に飛んでくるピンポン球を、まったくまともに返すことができない。

タチが悪いのは、卓球の授業はペアを組んでやらされることだ。

蒼が打つ順番が来ると、必ずラリーが途切れて失点する。こうなると蒼のパートナーに出来ることは何もなく、蒼には申し訳なさばかりが募っていく。

授業に採用しちゃいけないスポーツだろこれ。

自分と同レベルの称徳《しょうとく》あたりと組めてたら良かったのだが……、
称徳は直也《なおや》とペアになり、直也の足を引っ張りながらも二人で楽しそうにしていた。

救いなのは、蒼とペアを組んだ陽キャが底抜けに明るい性格だったことだ。

「ははっ！　本当に鈍いんだな月ヶ瀬！」

「すまんね……ふがいないオタクと笑ってくれ」

「いやいや、授業サボれて助かるわ！　ていうかガチで月ヶ瀬を狙い続ける連中もどうかと思うぜ？」

運動部の陽キャらしい快活な笑顔でフォローしてくれる。

井上涼太《いのうえりょうた》という陸上部のホープだ。蒼が突然カーストトップに躍り出るまでは、彼がこのクラスの男子カーストのトップにいた。

「それにペガサスパイセンが月ヶ瀬のこと気にしてるんよ」

「え？　陸上部の天馬《ペガサス》が？」

「いくらうちの高校にはオシャレなやつが偉いって空気があるとしても、それはあくまで空気だからって。中身がオタクのままだと苦労するかもしれないから、何気なく気を配っておいてやれって。あっ、これ言っちゃったらちっとも何気なくじゃねえな！」

「あの人がそんなことを……」

王子がちょくちょく顔を出すのも、蒼のために威厳を示しているのかもしれない……。

おまえら、こいつは俺が認めた男だぞ、と教室中に睨《にら》みをきかせていた……？

「よっしゃーっ！　あの月ヶ瀬と井上のペアに勝ったぜ！」

「へへっ！　全然大したことなかったな‼」

対面のペアがわざとらしいほど大声をあげて台から立ち去っていく。

涼太が「へっ！」と笑った。「だっせえな、あのキョロ充」

蒼も苦笑いを返した。

「よし、次は俺たちだ！」

次の対戦相手が台の対面につく。

「中途半端《ちゅうとはんぱ》なやつらばっかり集まってくるの、ウケるな」

涼太が小声で呟《つぶや》き、また空虚な試合が始まった。

一方で女子たちは体育館の残り半分を使って、バレーボールをしている。

◇

「卓球台の後片付けは体育委員がやっておくように」

「先生、体育委員の山下、休みです」

「じゃあ日直がやれ」

体育教師がそう言い残し、授業が終わった。

不幸な日直は蒼だった。

「手伝うか?」と、涼太が声をかけてくる。

「いや、いいよ。大したことじゃない」と、蒼は断った。

自分の新しい日常が他の誰か——よりによって王子やペガサスに支えてもらっていたものだったということに、少なからず動揺していた。

それはやっぱり無理があるということなんじゃないか。

他の生徒たちが体育館から出て行く。その流れの中で、直也と称徳が気遣わしげに蒼を見つめていた。『手伝おうか?』と言おうか迷っているふうに。

蒼は大丈夫、と手を振った。

卓球台はすべてネットが外されて折りたたまれており、あとは用具室まで押して運ぶだけだった。台そのものは十台ほどあったが、大した手間じゃない。

静寂の中にガラガラと音を響かせて卓球台を次々に用具室へと運び込んでいく。

ネットが入れられた袋も、下の棚に放り込んだ。

そのとき不意に扉が閉まる音がした。

「おつかれっぷ」

振り向くと、皆川優亜《みながわゆあ》がバレーボールの入ったカゴを抱えて立っていた。

「よっこいしょ」と彼女はカゴを下ろし、床に置く。

「皆川さんって体育委員だっけ？」

何気なく蒼は問いかけた。

……どうして扉を閉めた？　遅れてそんな疑問が湧いてくる。

「違うょー。あおっちと二人きりになりたくって代わってもらった」

「は？」

壁際《かべぎわ》で立ち尽くす蒼に向かって、優亜はスタスタと歩み寄ってくる。

そしてドン、と蒼を挟んで壁に手をついた。

そのまま背伸びして、ぐいっと顔を寄せてくる。

蒼は——ギャルに壁ドンをされていた。

「あおっちさぁ……私にわりと話しかけてくるじゃん？　ワンチャン脈アリ寄り？」

「……はぁ？？？」

こいつの言うことの意味がわからないのはいつものことだが……、

今まで以上に根本的に意味が分からなくて、言葉を咀嚼《そしゃく》する。

——ワンチャン、脈アリ？

意味不明だった。

「だってあーし『見栄《みば》えする陰キャくんいいな～』ってアピってたじゃん？　そしたらあおっちも、あおっちの方から話しかけてくるから、釣れたって思うじゃん」

「……いや、俺には星乃《ほしの》さんがいるし、君だって彼氏持ちじゃないか」

だから星乃さんの前でも気楽に声をかけていたのだ。

「カレピ？　別れよかなって。なんかフィーリング良くないし」

「ええっ……そんな気軽に別れるようなもんじゃないでしょ、恋人って」

「そんでさ……あおっちもぶっちゃけ栞に満足してないっしょ？　栞って潔癖症ってーか……たぶん男性恐怖症だし？」

「……どうしてそれを」

「一緒にいて見てればわかるよー。栞が男を見るときって、怖がってる感じの顔だもん。それにあおっちと口でイチャイチャしてても、いつも手を繋《つな》ぐ以上のことしないじゃん。でもさ、それじゃあ絆《きずな》は深まらないし、男の子は不満だよね～？」

優亜はニマ～っと猫のように笑った。

「その欲求不満……あーしが解消させてあげよっか？」

優亜が蒼の手を取って、体操着の自分の胸へと導いた――。

――寸前で、蒼はその手を振り払った。

「やめろよ」

「あっ……」と、優亜は思いもがけぬ抵抗を受けたかのような顔をした。

「意外ときっぱりしてるんだぁ。……もしかして経験があったり？」

世界一魅力的な女の子から、しょっちゅう誘惑をされている……。

抗《あらが》えた例《ためし》はほとんどないけどな、と蒼は内心で答えた。

「そういうの、よくわからないよ。フィーリングなんて軽い理由で恋人と別れたり、大して深い付き合いでもない男にこういうことをしたり……」

「え～っ？　これぐらい普通っしょ？　結婚するわけじゃないんだし、みんなお試しで付き合ったり別れたりするもんじゃん。あーし今までで七人と付き合って別れてきたよ」

「高一までで七人！」

きっとエッチなこととかも経験してるんだろうなと想像して、ドキっとしてしまう。

「それぐらい普通っしょ」

けらっとした顔で言う。

そうなのかもしれない。陽キャ――こいつらの周囲の人間にとっては。

陰キャの蒼がはじめて高一でできた彼女とは、話が違うのだ。

「あとさ、なんか敦盛《あつもり》じゃん。薄暗い体育倉庫でっていうこのシチュ」

けたけた笑いながらそう言う。

ついていけない。蒼はこの瞬間、そう思った。

「おまえたちがそうでも……俺が読んできた漫画やラノベの主人公やヒロインはそんなことしない！　だから俺はそういうのをもっと大事にしたいんだよ！」

壁ドンしている優亜の腕を振り払い、肩を軽く押しやった。

「あーしが読んでるレディコミとかもっとドロドロだけど～？」

「少年漫画や男向けのラノベは違う！」

「……へえ、ウケる」

優亜はどこか色気のある、品定めするような目で蒼を見つめた。

「やっぱりいいじゃん、陰キャカレピ。栞に飽きたらさ、あーしのところにおいでよ」

へらへらと笑いながら用具室の扉を開き、

「そんじゃね、ドロン！」と言い残して去って行った。

蒼は一人取り残されて、立ち尽くした。

もとより宇宙人のようだと思っていた人間だが……決定的な価値観の違いを見せつけられたような気分がする。

……しかし、

「……別に俺もそんな誠実な恋愛、できてるわけじゃないよな……」

付き合うということをもっと気楽に考えて、ちょっと合わないと思ったら別れて……。

ついていけないと思いつつ……そんな考えが、蒼の頭の中に拭いきれずにこびりついた。

◇

昼休み、いつも通り裁縫室で栞と二人で昼食をとっていると、スマホが振動した。

井上涼太からのメッセージだった。

『おまえの友達が食堂で騒ぎを起こしてるぞ』

――直也と称徳のことか？

蒼は栞にもメッセージを見せてから、食事を中断して立ち上がった。

裁縫室のある特別教室校舎から渡り廊下を通って本館校舎へと戻り、下駄《げた》箱から外に出て、食堂に向かう。

近づくにつれて、怒号が聞こえてきた

「ざっけんなよ！　クソ陰キャの分際でくだらねえ因縁つけてきやがって‼」

「陰キャかどうかなんて関係あるかよこの野郎！　何様だ！」

後の方の声は、直也のものだ。

蒼は小走りになって食堂へと飛び込んだ。

「くだらねえこと言ってるのはそっちだろ！　くだらねえマウントで、変わろうとしてる人間の足を引っ張るんじゃねえよ‼」

直也が怒鳴っている。称徳はオロオロとしていた。

怒鳴っている相手は──蒼を体育の授業で負かしたペアの二人だった。

──だっせえな、あのキョロ充。涼太がそう評した二人。

床にはコップの破片が散乱し、水浸しになっている
「いったい何の騒ぎだ、これは！」

蒼の背後から声がして、その声の主がすっと蒼を追い抜き、食堂に入っていく。

王子だった。

彼が食堂をひと睨《にら》みすると、流石《さすが》の貫禄《かんろく》というべきか、怒鳴り合っていた直也たちは矛を収めるように押し黙った。

「変われやしねーよ。どんなにオシャレになったって、中身は陰キャじゃねーか」

直也と言い争っていた二人は、吐き捨てるようにそう言って、出入り口に立ち尽くしたままの蒼の横を通り過ぎて食堂から出て行った。

「あいつら、食堂でわざと周りに聞こえるような声で、体育の授業のときの蒼を馬鹿にしてやがったんだ。しまいにはみっともない身振り手振りで、空振りする演技とかまでしやがって……」

蒼と連れ立って食堂から出ながら、直也が状況をそう説明した。

食堂の中では騒然とし続ける人々を王子や栞が落ち着かせて、割れたコップの破片などの掃除をさせている。

「なんだそりゃ……。くだらな……」

蒼が呆《あき》れるように言った。

「でも、腹が立ったよ。品のない連中だった」

称徳もむっつりと眉間に皺《しわ》を寄せて言う。

「それで、まさか手を出したのかよ」

「出してねえよ。『おまえも陰キャと大差ないだろ、キョロ充！』って俺が言ったら、あいつ顔色を変えて詰め寄ってきて……ちょっと小競《こぜ》り合いになったんだよ。俺があいつの肩を押したら、あいつ、わざとらしくそばのテーブルによろつきやがって……」

それでコップが割れたわけか。

見た目ほど派手な諍《いさか》いがあったわけではないらしく、蒼は少し安堵《あんど》した。

「あいつ俺にも『脱オタしようとしては失敗を繰り返してる見苦しいやつ』だとか、蒼のことも『すぐにメッキが剥がれて馬鹿にされるようになる』だとか……『陰キャは変われやしない』だとかって」

それで『変わろうとしている人間の足を引っ張るな』というわけか。

変われると信じる直也と、自分より下であるべき陰キャがカーストを昇り詰めることを認めないキョロ充。

そういう対立構図だったのだろう。

中庭のベンチが目に入って、蒼はそこに腰を下ろした。

直也と称徳も隣に座った。

蒼は何となく青空を仰いで、つぶやいた。

「……なんかアホらしくなってきたなぁ……」

直也と称徳が顔を見合わせた。

「カースト上位の世界を覗《のぞ》いてきたけどさ……。やっぱ無理に背伸びしてリア充とウェイウェーイってチャラチャラしてても、大して楽しくなかったよ」

チヤホヤはされたけど、どこか自分のことじゃないような地に足のついてなさだった。

風が吹いたらどこかに飛んでいってしまいそうな薄っぺらさを常に感じていた。

だから蒼は言った。

「おまえらと一緒に漫画やアニメの話をしてた方が楽しいよ」

「けっきょくそんなもんかもしれないねえ」

称徳がそう言って笑った。

久しぶりの三人組に、蒼の胸が温かくなる。

しかし直也は微妙に納得しきれてない顔をしていた。

……仮に彼が脱オタに成功したら、蒼よりもすんなりと陽キャたちに馴染《なじ》むだろうと蒼は思った。

話題を合わせる努力だとかを、自分よりももっとするだろうし。

「俺、コスプレイヤーやってるんだよ」

蒼はこれまで二人に黙っていたことを、告白した。

「えっ⁉ おまえがコスプレイヤー⁉」

「そういえば眉メイクにやたら詳しかった……まさか女装したり⁉」

「着る側じゃなくて衣装を作る側。着るのは愛歌の方な」

スマホを操作して、マナマナのSNSアカウントを二人に見せる。

「これ、マナマナじゃん！」

称徳が言った。

直也よりもディープなオタである称徳は、マナマナのことを知っていたらしい。

「……コミケの時期とかになると写真がタイムラインに流れてきたり、ネットニュースで取り上げられたりしてるよね。……愛歌ちゃんだったんだ、これ。印象変わるもんだなぁ、両方とも知ってたのに全然気づかなかった。いや、愛歌とマナマナって……気づけよって感じだけど……」

「どうして今まで黙ってたんだよ」

微《かす》かな憤《いきどお》りを声ににじませて、直也が言った。

栞と付き合い始めたことを打ち明けたあの時に、一緒に話しておくべきことだった。

「こういう趣味やってることを馬鹿にされたり、広められるのが怖かったんだよ」

「するわけねえだろ、そんなこと！」

言われてみれば、そうだ。この二人がそんなことするわけがない。

それでも理屈抜きで怖かったのだ。

「昔、こういうことしてるのをバカにされたことがあったから臆病になってた。……でもやっぱり好きなことやってるときの自分を肯定したいよな」

――ファッションのことは好きになった。

自分の外見も嫌いじゃなくなった。

それはいいことだったが……自分がカースト上位というものに組み込まれたとき、自分の本質はオタクでコスプレイヤーであることだと気づかされてしまった。

みんなの話している話題の内容がちっともわからないし。

優亜の恋愛観にちっとも共感できないし。

食堂での騒動の話を聞かされて、キョロ充と呼ばれる連中が自分に反感を抱いているということを意識させられた瞬間……なんだかすべてがどうでもよくなった。

……誠司さんが認めてくれたのも、コスプレイヤーとしての俺だしな。

そのとき――蒼は心の中の天秤《てんびん》が、明確に傾いたのを感じた。

展示会への誘いを断ろう。

やっぱりそれが当たり前のことだ。

ジオールでのバイトそのものはしてみたいけど。

「すげえ」

蒼が黙っていたことに怒っていた直也は、蒼のスマホでマナマナのコスプレ写真をひとつひとつ見ながら、声を漏らした。

「あのキョロ充二人がこのことを知ったらコスプレイヤーってだけでおまえをバカにするかもしれないけど……あいつらが何と言おうと、絶対おまえの方がすごいよ」

色んなものの見方をする奴《やつ》がいるだろう。

もしも蒼が自分の活動を大々的にバラしたら、王子やペガサスや、井上涼太や皆川優亜は、それぞれどのような反応をするだろう。

自分の学校での立場はどのように変化してしまうだろう。

もしもマナマナが一般人にも名が知れ渡るような『越境コスプレイヤー』というものになれていたなら……誰に対しても誇らしく胸を張れたのだろうか。

◇

「先約の用事が調整できなかったから、展示会の方に断りの連絡を入れようと思う」

放課後──下校中にカフェに寄り道して、蒼は栞に告げた。

「えっ……」

栞は驚きに目を見開いて、何かを言いたげな顔をしてから、言葉を飲み込むような素振りを見せた。

「星乃さん……？」

「あ、うん。……何の用事なのかなって思ったんだけど、あおくんが最優先にすることなんだから、たぶんマナマナのことかなって」

最優先という言葉の重さに、蒼は一瞬たじろいだ。

しかしそれは堂々と肯定すべきことに思えて「うん」と蒼は頷《うなず》いた。

マナマナの用件を優先したのだ。

それが事実だ。

蒼がコーヒーに手をつけると、栞も釣られるようにコーヒーカップに唇をつけ、一口飲んでから「へへっ」と苦笑いをした。

「なんだかショックを受けちゃったけど、ダメだよね。あおくんにも都合があるのに。いつだって私に都合がいいことばかりしてくれるとは限らないのに……」

……蒼にファッションの世界に深入りして欲しいと彼女が期待しているのはわかってい

た。

彼女の期待をこうして裏切るのは、再会してから初めてのことかもしれない。

それだけ蒼はこの初めてできた恋人を、本当に大切に思ってきた。

星乃さんがこちらにすべてを捧《ささ》げてきてくれるから、それに応えないといけないと思い続けてきた……。

「なんだか……」

苦笑いを表情に貼り付けたまま、琹が言った。

「必ず結婚するとか、永遠に結ばれるとか……そういうのも絶対ではないのかなって急に考えちゃった……」

ピンク色の絵馬、龍恋の南京錠《なんきんじょう》——。

彼女らしくもない後ろ向きな言葉に、蒼は驚いた。

だけどそれは否定しようもない当然のことだ。

何もかもが夢見た通り都合良く進むわけではない。

でも、どうしてたった一度、些細《ささい》な期待を裏切っただけでそこまで思ったのだろう。

この程度のことで幻滅するぐらい、完璧な幻想を抱いていたのだろうか……？

「何度も言ってきたけど、俺は星乃さんが思ってるほどすごい人間じゃないよ」

期待に応じられなかったことを釈明するように、蒼は言った。

「……！」

それは聞き捨てならないと、栞は俯《うつむ》かせていた顔を持ち上げた

「あおくんはすごい人だよ！　だって……」

「コスプレの衣装作りなんかの特技は我ながらすごいと思うよ。ジオールの誠二《せいじ》さんにも認めてもらえたし」

蒼は先回りするように言った。

「でもそれだけだよ。人間としては星乃さんが思ってるほどすごい人間じゃない」

小学校の頃に偶然優しくして、そのおかげで偶像化されている……。

そんなふうに思っているのだ。

その思い込みは少しずつ現実的に修正していかないと、いずれ支障が生じるだろう。

蒼は奇妙な思いに駆られた。

展示会よりもティアラプロとの面会を優先しただけ。

ジオールでのバイトが破談になったわけではない。

そこまで大きな不協和音が鳴り響くような出来事があったわけではない。

たった一度、栞を最優先にしなかったことについて話しているだけ。

なのに、まるで別れ話を切り出しているかのように慎重に言葉を選んでいるのは何故《なぜ》だろう……。

「星乃さんに手を引いてもらってオシャレが楽しくなって、自分の外見が少しだけ好きになって……そういう変化はあるけどね」

二人の間に欠損してしまった何かを慌てて補うように、蒼は言い繕った。

今の自分が大した存在じゃなかったとしても、二人で一緒に変わっていける……。

そういうことを伝えるつもりで。

「……そっか」

栞は再び俯いて、力なく呟《つぶや》いた。

「そうだよね……」

しかし次に顔を持ち上げると、いつも通りの笑顔に戻っていた。

その笑顔に、蒼は安堵《あんど》した。

◇

栞は自室のベッドに横たわりながら、スマホを凝視した。陽が暮れて部屋は薄暗いが、明かりもつけずに一人でそうしている。

スマホの画面が発する光が、彼女の色白の顔をいっそう青く照らし出していた。

映し出されているのは、大好きなコスプレイヤー。マナマナの写真。

目にも脳にも焼き付くぐらい何度も見た、

最愛の恋人が最優先にしている人――。

何度も何度も見るうちに、小さな違和感が膨れ上がってきていた。

いつからだろう――この二人が一緒に暮らし、強い絆《きずな》で結びつき合っている事実を考えると、胸がざわざわと騒ぐようになったのは。

今、二人はどんな時間を過ごしているのだろう。そんなことが無性に気になるようになったのは。

デート中に振動する恋人のスマホに違和感を持ち始めたのは。

自分が最優先ではない。

そのことの意味が、まったく変わり果ててしまう小さな確信を持ってしまったのは。

「やっぱり……あおくんとマナ、マナ、全然似てないよね……」

薄暗い部屋の中で、スマホを凝視しながら栞はつぶやいた。

栞の心の中の何かが、ことんと傾いた。

エピローグ　閉じた世界

『ファイアボール・オデッセイ』のクレアの衣装が完成した。

愛歌《まなか》に試着させる。それは蒼《そう》にとってもっとも胸が躍る瞬間だ。

もっとも目を惹《ひ》くのは胸と肩を覆う甲冑《かっちゅう》、そして腰に下げられた長剣。

精密に組み上げられ、実在の甲冑を参考にディテールを加えられている。

素人臭《しろうとくさ》いハリボテ感などどこにもない。

重厚な金属塗装も相まって……手に取ったら軽さに驚くほどのリアルさだ。

困難に挑み、それを乗り越えたという満足感と誇らしさが胸に湧き上がる。

布の部分はもちろんいつも通りに隙のないクオリティだ。

ジャストサイズの真っ赤なショートパンツとニーソックスが、愛歌の細身なのにプニプニとしたお腹《なか》や太ももをぎゅっと締め付けるように強調する。

少女の素肌は無骨な金属とのギャップでいっそう際立《きわだ》って見える。

愛歌は燃えるような赤いウィッグを被《かぶ》り、目の形を勝ち気に見えるように弄《いじ》り、緑色のアイコンタクトが強い意志を輝かせる。

若くして流浪《るろう》の旅を続ける少女剣士の自信と生意気さを、完璧に表現してみせた。

現実と非現実が融合する。

愛歌であってクレアでもある少女が、蒼の目の前に誕生する。

蒼が魂を削るようにして作った完璧な衣装、愛歌の完璧な美貌と演技、そして原作とキャラへの強い愛情……それらが渾然一体《こんぜんいったい》となってそれを形作る。

愛歌《クレア》はその場でクルッと一回転して見せた。真っ赤なマントが目にも鮮やかにひるがえる。

そして鞘《さや》から豪快に長剣を引き抜いて、原作通りの決めポーズをとって見せた。

「……うんっ！　完璧！」

愛歌は一人そう頷いて、衣装師《スタイリスト》である蒼に剣の切っ先を向けた。

「一心同体の相棒に感謝の言葉は口にするまい！　この胸に湧き上がる想《おも》いは、ただ一つのみ！」

愛歌にクレアのキャラクターが混じり込んだような口調で、お決まりの言葉を紡《つむ》ぐ。

「大好きだ！　お兄ちゃん‼」

――これをもって蒼と愛歌のコスプレは完成する。

二人は他のすべてから切り離された小世界で向き合う。

蒼も胸に湧き上がった言葉を、そのまま衝動的に口にした。

「やっぱり俺、おまえのことが世界で一番好きだ」

そして蒼は愛歌に歩み寄り、自らの意思で、義妹の唇にキスをした――。

あとがき

第二巻もこうしてお手にとっていただきありがとうございます、三原《みはら》みつきです！

さて、いよいよ浮気《うわき》が進行していく第二巻です（義妹は浮気に含まれないってことになっていますが）。

――編集Oさんがこの作品に定めたコンセプトは『昼は究極の恋人とイチャイチャ、夜は至高の義妹とイチャイチャ』、です。

ひってえコンセプトである。人の心とかないんでしょうか。

そういうわけで作家として全力でそういう内容に仕上げました！　甘い日常の中、淡々とゆるやかに進行していく何かを感じ取って頂けると幸いです。

ところで一巻に続いて二巻のあとがきもこんなノリですが、読者の皆様の中には「こいついつも編集のせいにしてるな……」と私が無責任ムーブばかりしているように感じられているかもしれません。それは誤解です……。

いや、誤解ではなくまぎれもなく編集のせいにしているのですが、理由があるのです。

私も花の三十代。まだまだ人生なにが起こるかわからないお年頃です。

例えばこの作品がバカ売れし、なおかつ突如として恋人ができ、歳《とし》も歳だからすぐさま結婚へと話が進んで、相手のお父上と顔合わせをしたとします。

そのとき私は「これが代表作です」と、この本を差し出さねばならないかもしれません。代表作が浮気ラブコメ……。

大切な娘を差し出すお父上は、いったいどのように感じられるのでしょうか。

せめてあとがきに言い訳の余地を残しておきたい。いざというときに『こういうのがウケると言われたから書いたんですよ』という顔をできるようにしておきたい。

この作品を私の作家精神の表れ、作家魂そのもの、私の分身のような一作……などということにしてしまうと、私の人生に多大なる影響が出る可能性があるのです。

というわけでこの作品のインモラル要素はすべて編集Oさんのせい……ということにしたい。しておいてください。ちなみにこのあとがきに編集Oさんが文句をつけてきたとしても、もはや手直しする時間はありません。無茶なスケジュールを投げつけてきたのは向こうだからしょうがないですよね……。

恋人ができる予定なんてあるのかって言われると、今の生活に出会いもクソもあったものではないのですが。……取材とはいえ一人で江ノ島の縁結びスポットを巡り、一人で龍《りゅう》恋《れん》の鐘を鳴らしたのは虚《むな》しかったです。ちなみに個人的な江ノ島の最推しグルメは腰越海岸の直売所のサバコロッケやフライ。缶ビール買って海を見ながら食べるのが最高でした。

——とはいえ当たり前のことですが、この作品は真剣に書いています。

編集さんの提案をキッカケに内容を膨らませていった企画ではありましたが、自分自身の衝動と上手《うま》くリンクさせられたと思っています。義妹っていいもんですね……。


本作はファッションへの言及も多いものとなりました。

実は筆者も、大学入学前に脱オタを目指したことがあります。金がねえ、知識もねえ、センスもねえ、他人に頼る勇気もねえ、で見事に頓挫しましたが……。

作中で直也《なおや》がやらかしている失敗の大半は、私自身が経験したことです。どうしてミカン柄のシャツなんて着ていっちゃったんでしょうね……（あれ、ちゃんと実在します）。

大学では非オタク系のサークルに入り、そこそこみんなと仲良くやって、当時のメンバーとは今も会ったりしていますが……普通に無理せずオタクライフを全うしていたらどうなっていただろうと思うこともあります。

そういう青春時代への憧憬や悔恨みたいな執着心が、この作品に宿ってしまっているかもしれません。それがエンタメに繋《つな》がるかどうかは怪しいところですが、作者としては過去の自分を清算というか供養《くよう》したような気分になってすっきりしております。

あまりあとがきで作者と作品について語るのは気恥ずかしいというか野暮《やぼ》だと思っているのですが、今回はあとがきを四ページも確保していただいているので思いつくはしから書いていかないと埋まりません。

それにしても今巻は、最初から最後まで慌ただしいスケジュールでした。

そして現実から逃げるためにお酒をグビグビすると余計に現実に追い詰められるだけだということを身をもって知りました。あとソシャゲーも、どんなに忙しくってもデイリーミッションだけはこなさなければ……という強迫感が良くないですね……。

半分ぐらいは自業自得《じごうじとく》ですが作家人生で一番しんどかったです……。

といったところで謝辞です。編集Oさん、今回はお互い「すみません、すみません」と連呼しあいながら進行していた感じでしたが、お互い本当にお疲れ様でした……。平《たい》らつくねさん、一巻に引き続き可愛《かわい》らしく、またそれだけでない色気のあるイラストの数々で雰囲気バッチリに彩《いろど》っていただき、本当にありがとうございました！　そして読者の皆様！　皆様に浮気の時代は訪れておりますでしょうか。ここまでお付き合い頂き、誠にありがとうございました‼

三原みつき

富士見ファンタジア文庫

義妹《いもうと》は浮気《うわき》に含《ふく》まれないよ、お兄《にい》ちゃん2

令和4年6月20日　初版発行

著者——三原《みはら》みつき

発行者——青柳昌行

発　行——株式会社KADOKAWA
〒102-8177
東京都千代田区富士見2-13-3
0570-002-301（ナビダイヤル）

印刷所——株式会社暁印刷

製本所——本間製本株式会社

※定価はカバーに表示してあります。
●お問い合わせ
https://www.kadokawa.co.jp/（「お問い合わせ」へお進みください）
※内容によっては、お答えできない場合があります。
※サポートは日本国内のみとさせていただきます。
※Japanese text only

ISBN978-4-04-074616-6 C0193　◇◇◇

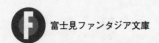

騙しあい。

各国がスパイによる戦争を繰り広げる世界。任務成功率100%、しかし性格に難ありの凄腕スパイ・クラウスは、死亡率九割を超える任務に、何故か未熟な7人の少女たちを招集するのだが――。

シリーズ
好評発売中！

ファンタジア文庫

世界最強の
“不可能任務”に挑む少女たちの
痛快スパイファンタジー！
スパイ教室
竹町
illustration
トマリ

切り拓け！キミだけの王道
ファンタジア大賞
原稿募集中！
賞金
《大賞》300万円
《金賞》50万円
《銀賞》30万円
選考委員
細音啓「キミと僕の最後の戦場、あるいは世界が始まる聖戦」
橘公司「デート・ア・ライブ」
羊太郎「ロクでなし魔術講師と禁忌教典《アカシックレコード》」
ファンタジア文庫編集長
前期締切 8月末日
後期締切 2月末日
公式サイトはこちら！ https://www.fantasiataisho.com/
イラスト／つなこ、猫鍋蒼、三嶋くろね